転生令嬢は
逃げ出した森の中、
スキルを駆使して
潜伏生活を満喫する
2

ハティ
すべての獣の王で、獣の神であるフェンリル。ララとウィルを守っている。
ララ・コーネット
コーネット伯爵家令嬢。黒髪黒目の容姿と魔法が使えないことから虐待されていたが、前世で日本人だった記憶を取り戻し、伯爵家から逃げ出して『中立の森』で暮らす。
イヴ
植物の神様。ぐうたら過ごすことが、なによりの幸せ。ララとウィルに特別なスキルを授ける。
ウィル・コーネット
コーネット伯爵家令息。6歳。伯爵家からララと共に逃げ出した。見た目も心も純粋なかわいい天使。ララに溺愛されている。
主な登場人物

ギド・コーネット
コーネット伯爵家の長男で、ララの兄。勝気で選民意識が高く、父の容姿に似たウィルに劣等感を抱いている。
アーソロン・ノヴァ（アロン）
ノヴァ侯爵家令息であり薬師。薬の原料となる植物の取引のためララと知り合い、異世界の常識を教える。
ビビ
『中立の森』に迷い込んできたA級冒険者。ウィルに助けられる。
セオ
ビビと一緒に『中立の森』に迷い込んできたA級冒険者。ビビに仕えている。

Contents

第1章　新たな仲間 ……… 3

第2章　勇者の末裔 ……… 54

第3章　すれ違いと、通じる想い ……… 87

第4章　追手に対抗するためには ……… 110

第5章　ウィルの誕生日 ……… 180

第6章　オトヅキの街へ ……… 198

第7章　昔の親友 ……… 237

外伝　あたしたち『追手追い出し隊』 ……… 284

転生令嬢は逃げ出した森の中、スキルを駆使して潜伏生活を満喫する 2

灰羽アリス

イラスト
麻先みち

第1章　新たな仲間

朝食のあとは、植物の水やりと決まっている。

キッチンの水道水を桶(おけ)に溜(た)めて、庭を行ったり来たり。スキル『収納』があれば重い桶も楽ちんに運べる！　……んだけど、最近はあえて手で持って運ぶようにしてる。——筋トレだ。

なぜ筋トレが必要かって？　それは、このたるんだ二の腕に聞いてほしい。

ちょっと前まで（バスト以外）痩せすぎな体型に悩んでいたのに、まさか、ダイエットに悩む日が来るなんて思わなかった。

これはきっと、美味しいごはんの食べすぎと、行動範囲の狭さによる圧倒的な運動不足のせい。

「ララ、お願いだから手伝わせてくれ」

「ダメ」

ハティは玄関口で〝ステイ〟させてる。隙あらば水やりを手伝おうとしてくるんだもん。強い口調で〝ステイ〟を命じないと、筋トレなんてできたもんじゃない。ハティは私を甘やかしすぎるんだ。重い物は絶対に持たせない、長距離を歩かせない、いつもぴったり後ろにつき従う……その過保護さが、でも、ちょっと嬉(うれ)しかったり……。

だけど、私にばかり構ってたら、ハティが疲れちゃう。ソファで食っちゃ寝生活の怠惰なイヴまではいかないまでも、ほどよく「護衛」をサボってほしい。でも、ハティは笑って「休憩など必要ない」って言うんだ。

「俺はララを甘やかすことが楽しいのだから、気にすることはない」

ハッ！　『社畜』ってこういう人をいうのか！

じゃあ『ララ・カンパニー』はブラック企業？

でもでも、美味しいごはん3食つきだし、ベッドも完備で、福利厚生はしっかりしてると思うし……。

そんなふざけたことを大真面目に考えていると、ウィルが忙しそうに脇(わき)をすり抜けていった。

「さっきから何してるんだろう。庭と自分の部屋の往復、これで16回目だよ」

「よく見てるんだな」

「当ったり前じゃん。ウィルのことなら毎日毎時間、よぉーく見てるよ。うふふ」

「そ、そうか」

若干引かれた？

ま、いっか。私は自分がブラコンであることを誇りに思ってる。引かれても痛くもかゆくもないのだ！

「ちょっと見てくる」

そうして私は、軽い気持ちでウィルの部屋をのぞきに行き……ぎょっとした。

動物たちがうじゃうじゃ。そこは、動物園2号地に変貌していたのだ！（1号地は庭のツリーハウス）

窓から入ってきた小鳥たちが、我がもの顔で飛び交っている。……これはひどい。ツリーハウスのおかげで住み分けができたはずなのに、ログハウスの中まで、がっつり侵食されてるよ！　今に糞尿（ふんにょう）だらけになるぞ。

「あ、あんまりお部屋を汚さないようにね」

「だいじょうぶ！　みんないい子にできるよね？」

小動物たちが一斉に頷（うなず）く。

足首にふさりとしたものが当たった。見ると、スカンクみたいな魔物がしっぽを使って床を掃（は）き掃除してるところだった。頭を下げられたので、思わず頭を下げ返す。そして、また掃除を始めるスカンク……。

私は無言で退散した。

う、うん！　色々とツッコミどころ満載だけど、とりあえず、部屋が荒れることはなさそうでよかった！

――ここは魔法があって神様もいる異世界。不思議な現象は息をするかのごとく自然に起こりうるのだ。たぶん。

だけど、起こるのは不思議な現象だけじゃなかった。怖い現象も、普通に起こる。

心臓が凍る思いのひどい体験をしたのは、その半時後のことだった。


「姉さま～！　見てて～！」

ツリーハウスの前で遊ぶウィルが、大きく手を振って私を呼ぶ。私も手を振りかけて、ひゅっと息を飲んだ。ウィルの首に、白蛇が絡まっているのが見えたからだ！

――突然だけど、私は蛇が嫌いだ。前世ではそうでもなかったはずだけど、今では姿を思い浮かべるだけで全身に鳥肌が立ち、冷や汗が噴き出る。覚えてない前世の死因は、もしかすると、毒蛇かもね……。

いっぽう、ウィルはといえば、平然としてる。うそ、蛇に気づいてないの？

と、次の瞬間。白蛇が巨大化し、ウィルの体を絡め取った！

いや――っ!!

昔、N○Kのアフリカ大陸特集で、ヌーを食べる巨大蛇を見たことがある。大蛇はヌーの体を絡め取り、締め上げ、殺してから丸呑みするのだ。

ウィルの体に巻きつく巨大な白蛇が、その時の映像とリンクする。

「いやーっ！　ウィルが食べられちゃう！」

「落ち着け、ララ」

駆け出そうとしたところを、ハティに止められる。

「離して！　ウィル、ウィル、ウィル〜！」

「よく見ろ、ウィルは蛇に仕込んだ芸を披露しようとしているだけだ！　とにかく落ち着け」

「……」頭の中は、フリーズする。げい？


「きゃはははは！」

ウィルの楽しそうな笑い声が上がった。

その笑い声を合図にするように、巨大な白蛇がウィルから離れた。チロチロと赤い舌を出しながらウィルにじゃれる様子は、「褒（ほ）めて」と言っているようだった。

そう、すべては私の早とちりだったんだ。

腰から力が抜けて、その場にへたりこんでしまう。

「びっくりしたぁ？」

お騒がせの張本人、ウィルが無邪気に駆けてくる。そののんきさに、私は腹が立った。

「もう、びっくりなんてもんじゃないよ！　ウィルが食べられちゃうかと思ったじゃん！　はぁ、まだ心臓がドキドキしてる……」

こういう遊びは、よくない。いつか〝ドッキリ死〟する人が出るよ！

しっかり注意しなきゃ。時には叱ることも、親の務め。心を鬼にして――

「姉さま、ごめんなしゃ……」

決意は、あっさり折れました。

泣いちゃったかわいい弟を、どうやったら叱れる？

私には無理！

「ご、ごめんね、姉さまびっくりしただけだから。怒ってないよ？　よしよし、大丈夫だからね」

「でも、姉さま泣いてる」

泣く？　と首を傾（かし）げて、頬（ほお）に手を添えるとたしかに濡れていた。ほんとだ、私、泣いてる。

「うっ、ひく、ぼく、おっきくなったスゥを見せようとおもっただけなの。姉しゃま、かなしませてごめんなしゃい」

「ウィル、泣かないで。分かってるから――」

わーんと、泣き声が激しくなる。

結局、ハティが慰めに入るまで、ウィルは泣き止まなかった。

「それ以上泣くな、ウィル。強い剣士は決して泣かぬものだぞ」

大きな手に頭を撫でられ、ふぎゅっと口を引き結ぶ。震えながらも頑張って涙をこらえるウィルがかわいすぎて、鼻血ものでした。

それにしてもハティ、すごいな。『強い剣士』はウィルの憧れ。ウィルのツボを、ちゃんと心得てる。ハティは人の感情を読み取るのがうまいんだよねぇ。

「今は我慢だ」

ウィルに抱きつきたい衝動を耐えてる私のもとにも、ハティの優しい手は伸びてくる。


私ってば、蛇がドームをくぐるのをいつの間に〝許可〟しちゃったんだろう。

ウィルがたくさん連れて帰ってくるから、確認が適当になってたのは否めない。

白蛇は『トルネードスネイク』という魔物だった。トルネードスネイクって、竜巻を起こせる魔物のはずだけど、体の大きさまで変えられるんだね。初めて知ったよ。

・ララ・コーネット

・14歳
・スキル：『鑑定レベル5』『収納レベル4』『安寧の地レベル6』『体力∞』『植物創造レベルMAX』
・眷属(けんぞく)：ピッピ他（一角うさぎ×7）、アオ（ブルーサファイア）、モカ他（火ネズミ×10）、キキ他（居眠りアナグマ×2）
・称号：神々に愛されし者

・ウィル・コーネット
・6歳
・スキル：『剣聖』『体力∞』『真実の目レベルMAX』
・眷属：ピッピ他（一角うさぎ×7）、アオ（ブルーサファイア）、モカ他（火ネズミ×10）、スゥ（※※※※）、キキ他（居眠りアナグマ×2）
・称号：天使

「白はいいわねぇ。お顔がぱっと明るくなるわ」

「姉さま、かわいい！　お姫様みたい！」

イヴとウィルが、私の新しいワンピース姿を褒めてくれる。

屋敷から持ってきた本によれば、『中立の森』付近の大陸には、四季がある。

春、夏、秋、冬。

そして今は、夏に変わる前の梅雨時。ここ数日じめっとした日が続いてて、黒ワンピースでは暑くなってきた。胸元のサイズも合わなくなってたから、この際、と思い切って衣替えすることにしたんだ。

「ありがと」

慣れない格好で、ちょっと気恥ずかしい。

アロンからプレゼントされたワンピースは、今までずっと着ていなかった。転生後の人生では『黒』に慣れ切っていて、それ以外は自分には似合わないと思ってた（親の教育の影響って、絶大だよね）。苦手なパステルカラーばかりで、なかなか着る勇気が出なかったんだ。今回選んだのは、そんな中でも割とシンプルな七分袖の白いワンピース。襟と袖の部分がレースになっていて、とてもかわいい。

「ララちゃんもやっとおしゃれに目覚めてくれたのね」

魔法で毎日衣装を変えているおしゃれさんのイヴは〝黒い布きれ〟を切り刻みながら満足げ。

正直、おしゃれにはあんまり興味ないけど、このワンピースは胸元が編み込みで調節できるから、苦しくなくていい感じ。服は機能的なのが一番だ。

……って、待って！　それ、私の古いワンピースだよね⁉

「雑巾にしといたわ」

「ノォ〜‼」

これでもう、慣れ親しんだ黒服には戻れない。

しゅんとしてると、「綺麗だ」って、ハティも褒めてくれる。の割に、表情が伴ってないんだけど？

「本当は似合ってないんだね……」

「違う！　似合っている！　ただ、あいつの贈ったものがララの肌を覆っていると思うと……

今すぐその服、破り捨ててやりたい」

あーっとハティをいさめる。

「ハティ、そういうことは？」

「……言わない約束だった」

ケンカして仲直りしてから、ハティはずいぶん丸くなった。アロンとも仲よくすると約束してくれて……まぁ、これは少し嫌そうではあったけど。でも、我が家のモットーは『みんなで仲よく幸せに』だから。歩み寄り、大事。

開け放った窓から植物馬の蹄の音がしたので、食器洗いを中断。庭に出る。

「やあ、ララ。さっきそこでウィルくんに会ったよ。また〝お友だち〟が増えていたけど、あれは――」

薬草の取引きのために今日もやってきたアロンは、私を見て固まった。うん、これは予想外の反応。いつもみたいにニヤニヤ笑って、「似合わない」とか、からかってくると思ったのに。

「〝馬子にも衣装〟って感じ?」

沈黙に耐えかね、ふざけて言ってみると、

「馬子だって?」

思いのほか、強い声が返ってきた。

「君は元から美人だし、黒い服のままでも怖いくらい綺麗だったよ。衣装が整えば、それはもう破壊的な――」

言ってから、ハッとしたように口をつぐむ。

「あ、暑いね、今日」

たしかに、今日は暑い。アロンの軽装（細身の黒パンツに、ゆったりとした白シャツと前開きの青いベスト）も、そのためだろう。

でも、アロンが言った「暑いね」は、誤魔化しだった。

アロンは咳払いをひとつして、さっさとログハウスの戸をくぐる。

私はしばし呆然。

……とんでもないもの見ちゃった。

アロン、顔、真っ赤だった。

にんまり笑う。ははーん、さては、私に見惚れたな？

アロンの国では黒髪は珍しくないそうだから、その点で『ララ』の容姿に嫌悪感はない。そうなると、アロンが見惚れるのも仕方ない。だって私、イケイケの妖艶美少女だし。

「ねぇねぇねぇ、こっち見てってば」

「うるさい」

普通の男の子みたいなアロンがおかしくて、ついからかってしまう。まあでも、これ以上からかうと反撃されそうだからやめておく。冷蔵庫でキンキンに冷えたオレンジジュースで、休戦。

「おい、人間」

ドカッと音を立てて、ハティがアロンの真向かいの椅子に腰を下ろした。

私は悩んだ。いつ止めに入るべきかって。だって、ケンカしそうな雰囲気だったんだもん。

だけど、違った。ハティが口にしたのは、〝歩み寄り〟の提案。

「仲よくしよう」

「は？」

「ララの望みだ。ものすごく嫌だが、俺はお前と仲よくする」

うん、たしかに、仲よくしてねって言ったけどさ……いきなりだね⁉　びっくりしたよ！

「とりあえず、その堅苦しい敬語はやめろ」

「いえ、それはさすがに。あなた様は神様ですし、一応」

〝一応〟にぴくりと反応するハティだけど、なんとか笑顔を保ってる。見てるこっちはハラハラだ。

「では、堅苦しくない程度に抑えろ」

「……努力します」

「よし。これから俺とお前は友人だ」

「分かりました」

「握手だ」

「はい」

こうして、水と油が少しだけ交わった。……なんだか急展開で、ついていけないけど。というか、それ、本当に友好の握手だよね!? 血管浮いてるけど!?

……〝本物の仲よし〟になるまでには、まだちょっと時間がかかりそうだね。


お外に遊びに行ってるウィルも、もうすぐ帰ってくる。

アロンがお土産(みやげ)にくれた茶色い砂糖を使って、おやつのドーナツを作った。茶色い砂糖は『コッタ』という植物のデンプンから作られるもので、体にいいんだって。日本のサトウキビみたいなものかな?

ウィルの笑顔を思い浮かべながら、お皿にかわいく盛りつける。

よしよし、上出来。

「――遅いな」

だけどウィルの帰りが遅くて心配になる。

遊ぶのが楽しくて、時間を忘れてるのかもしれない。

様子を見に、庭に出てみることにした。外に悲劇が待っているとも知らずに、機嫌よく。

悪いことは、いつも突然起こる。幸せな時ほど、落差は大きい。

森へ視線を走らせ——私は息を飲んだ。

「姉さま」

涙をいっぱいに溜めたウィルが、血だらけでそこに立っていた。


叫び声すら上げられなかった私は、それだけ気が動転してたんだと思う。

急いでウィルの体を確認した。血に濡れた腕や足をさすって、傷がないことを確かめる。一番血で濡れた上着をめくる手が震えた。——ほっと息をつく。大丈夫。無傷だ。

「何があったの」

「ぼく、クマさんころしちゃった」

ウィルの大きな瞳から、ボロッと涙がこぼれ落ちた。

「人を、おそってたの。やめてってていったのに、きいてくれなかったの。だから……」

ウィルを汚すおびただしい血はクマを倒した時の返り血だった。

小さな体は小刻みに震えていて、むわっとした獣臭い血のにおいが、甘いミルクの香りをかき消していた。私は服が汚れるのも構わず、ウィルをしっかり抱きしめた。

茂みが揺れ、２人の男女が森から出てきたのはそのすぐ後だった。女の人が男の人の肩を支えるように抱いて、こちらに歩いてくる。私は二重の意味で驚いた。この森に人がいること、そして——女の人は私と同じ、黒髪だった。

初めて見た。私以外の、黒髪。

ウィルが顔を上げた。悲しいのを我慢して、使命感を前面に押し出したような顔つき。

「あの人たち、おなかへって、つかれてるの。姉さま、うちにいれてあげて。だいじょうぶ。いい人、だよ」

トントン。

ウィルの部屋をノックして入ると、

「シーッ。今、眠ったところよ」

ベッドに腰掛けたイヴが、人差し指を唇に押し当てて言った。

そっと、ウィルの寝顔をのぞく。悪い夢でも見ているのかもしれない。額に汗が浮かんでいた。汗を拭ってやり、キスを落とす。自分の無力を悔やむのは、これで何度目だろう。

ドアを閉め、向かいのドアにそっと視線を走らせる。あそこには今、謎の訪問者の男女が眠っている。

音を立てないように注意して、私はイヴと一緒に1階へ下りた。


どこか緊張した空気の中、誰からともなくテーブルに着いていく。私は4人分のコーヒーを淹れ、運んだ。

メガネを外したアロンが、目頭を押さえてる。また面倒事かって呆れてるんだ、たぶん。私は安心してる。問題が起きたのが、ちょうどアロンが来てくれている時でよかった。

「もっと騒ぐかと思った」

そう言うと、アロンはふっと表情を緩めた。

「自分でも意外だよ。君たちの隠れ家を知った人間だし、街に戻ってから、あれこれ言いふらされたら最悪だ。このまま見殺しにすべきだ。そう、頭では冷静に結論づけていたのに——気づくと、彼らを救う手助けをしてしまっていた」

茂みをかき分けて謎の訪問者がやってきた時、アロンはハティと共に真っ先に駆けつけてくれた。そして、男性はハティに任せ、女性を2階に運び、ひどい怪我の2人を治療した。

「どうして？」

「ウィルくんが大丈夫だと言ったから、かな。あの子は不思議だよ。どんなスキルを持ってるかは知らないけど、私たちに見えないものが見えているのは確かだ。私が初めて会った時も――」

アロンが思い出したように笑う。

「『この人はいい人だ』って突然私の味方をしだしたからね。私が『いい人』？　って疑問だったよ。最初は君たちのことを利用する気満々だったし。だけど今ではこの通り。すっかり君たちの味方さ」

私も笑った。

ウィルが『いいひと』と言った相手は、ちゃんと『いいひと』なのだ。

スキル『真実の目』は、どんな本性も暴く。いい面も、悪い面も、すべて。

「ところで、あの2人は何者なんだい？」

アロンは、私がスキル『鑑定』を持っていることを知っている。そのうえでの質問。

もちろん、私は2人を『鑑定』済みだ。

「それが、驚かないでよ。女の人のほうだけど、彼女、トランスバール帝国のお姫様なの」

「――は⁉」

「シーッ。ウィルたちが起きちゃうでしょ」

驚くのも無理はない。私も『鑑定』した時は、スキルの表示を疑った。

・ビビアン・トランスバール
・17歳
・魔法属性：風
・スキル：『剣術レベル6』
・称号：トランスバール帝国第一皇女。冒険者。

これが、女性の『鑑定』結果。

・セオ
・19歳
・スキル：『盾術レベル5』
・称号：皇女の盾。冒険者。
・補足：近衛騎士団、元・副隊長

これが、男性の『鑑定』結果。

「トランスバールといえば、この森の北にある大国だな」

ハティが言う。

「うん。ねぇ、冒険者ってすごく危険で、ほかの職業に就けないような荒くれ者がなるんでしょ？　お姫様が冒険者って、どういうことだろう？」

私の質問には、アロンが答えた。

「トランスバール帝国は『強者の国』と呼ばれている。個人の物理的な強さがものをいう国だ。王族も12歳になると『冒険者』として一定期間修行させるって話を聞いたことがある」

ええっ、王族は『冒険者』になる義務があるわけ？　命の危険があって、死ぬかもしれないのに？　王族って、お城の奥深くで大事に守られてるものだと思ってた。そうじゃない国もあるんだ。世界は広い。

「強くなるためだとしても、厳しい義務だねぇ……」

思わずつぶやくと、「まったくだ」とアロンも苦い顔で同意した。

「貴族の子息にも一定期間の兵役が課せられるらしいよ。恐ろしいことだけど、尊敬はできる。〝貴族は平民を守るもの。故にそれだけの力を持たねばならない〟。トランスバールほど、『ノブレス・オブリージュ（貴族の義務）』を徹底した国はないからね」

それに比べてうちの国の貴族がどれだけ堕落してるか、考えさせられる話だ。

税金で豪遊三昧。

堕落してるのはうちの家だけかもしれないけど。

そこから議論は、彼らがなぜこの『中立の森』にいたのか、に移る。強い魔物がいて、そもそも侵入禁止になってる森に、なんでわざわざ……。

「彼女たちの事情は、彼女たちに聞けばいいんじゃない？　これ以上は憶測の域よ」

イヴが言う。もっともな意見だ。

「そうですね。どこまで打ち明けてくれるかは分かりませんが。まぁ、命の恩人になら正直にもなるでしょう」

アロンも続く。

「よし。そういうことなら、とりあえず話はここまで」

私は重い空気を変えるように明るく言った。

「すっかり遅くなっちゃったけど、お昼ごはんにしよう」

我が家のモットーは『みんなで仲よく幸せに』だ。そのためには、明るく元気であること。

心配事は、笑顔で吹き飛ばす。

せっかく、肉じゃがも用意してることだし。前回アロンに「作ってあげる」って約束してたからね。

「どう？　これぞ、煮物の王様って感じでしょ？」

聞くと、アロンはだらしなく頬を緩めた。喜んでくれたみたいで、私の頬も緩む。美味しいよねぇ。私も肉じゃが大好きだよ。

「このホクホク感が、なんともたまらないよ。間違いない。優勝だ。この先の人生が不安になってくるくらい美味しい」

「不安？」

「ララにしか作れない食材で、ララにしか出せない味。こんなに美味しいものを知ってしまったのに、外の世界では食べられない。どうやって生きていけば？」

「大げさだな。食べたくなったら、またうちに来ればいいいじゃん」

「あっ、そうか。その手があった」

すごく嬉しそうに笑って、アロンは肉じゃがを食べ進める。

この世界にはない『じゃがいも』を使った肉じゃが。大成功だ。

食後、キッチンで食器を洗っていると、ハティが静かに歩み寄ってきた。

「怒っているのか？」

訪問者たちについて話してる時も、食事中も、ハティが妙に静かだったのは、私の機嫌を気にしてのことだったみたい。

食器を洗う手を止め、振り向いた。

「ちょっとだけ」

私は素直に認めた。

「どんなに遠くにいても、危険が迫る音を聞きつけて、助けに来てくれるハティだもん。ウィルがクマと戦闘状態になった時も、気づいたでしょ？」

「――ああ。聞こえていた」

「たしかに、ウィルは負けないかもしれない。『剣聖』のスキルを持ってるし、『眷属』がいるし。それでも、ハティが助けに行ってくれてれば、ウィルは怖い思いをせずに済んだのに」

ウィルのつらそうな顔がちらついて、息が苦しくなる。可哀想なウィル。あの子はまだ6歳なのに。1人でジャイアントベアーを相手にして、怖い思いをたくさんしたはずだ。

わざとだった、とハティは言った。

「今回の戦いは、『剣聖』のスキルを覚醒させるために、必要だった」

「分かってる」

いつかはウィルもひとり立ちする。ひとりでも強く生きていけるように、時を見て剣術を学ばせる。そう言って、ウィルを安全圏で守ろうとする私を説得したのはハティだった。

ウィルをひとりで森に行かせ始めたのもハティ。何か考えがあることは、分かってた。

ついに『その時』が来たんだ。

「来月で、ウィルも7歳になる。そろそろ剣術の修行を始めてもいい頃だ」

「うん」

天井を見上げる。板の向こうにいるウィルを想う。

「魔物と話せるウィルは、ジャイアントベアーを説得したんだよ。人を襲っちゃダメだって。

でも、聞いてくれなかったって」

「逆上している魔物には、声が届きにくい。加えて、ジャイアントベアーにとって、人間は最高のご馳走だ。食べるなというのは、無理な話だろう」

「言葉が通じる相手を殺すんだよ。人を殺すのと同じくらいつらいはず。ウィルはこの先きっと、そんな思いを何回もしなきゃならないんだね」

「誰かが襲われていたら、ウィルは無視できない。剣を取り、戦うだろう。それが『剣聖』の宿命だ」

説得して説得して、失敗して。優しいウィルは、心を傷つけながら、剣を振るうんだ。

『剣聖』なんて。

ねぇ、神様。そんなスキル、意地悪な兄のギドにでもあげてくれればよかったのに。

苦々しく思いながらも、本当は分かってる。

『ぼく、剣士になって姉さまをまもるんだ』

人を助けたいっていう純粋な気持ちで剣を振るうウィルだからこそ『剣聖』にふさわしい。

名声を得たいがために力を求めるギドなんかじゃなく。

なんとなく、『収納』から『聖剣』を取り出してみた。コーネットから持ち出して以来、初めて取り出した『聖剣』は、持ち主の覚醒を喜ぶように光り輝いていた。

日が暮れた頃、ウィルが起きてきた。

ぼんやりした瞳をこすって、私の膝にすり寄ってくる。

すべすべの頬は冷たいし、真っ白だ。少しでも血色が戻るように温かい手で包み込む。

不安そうな緑の瞳が私を見上げた。

「あの人たちは、だいじょうぶ?」

「うん、大丈夫。2階の部屋で寝てるよ。ウィルが助けてくれたって、すごく感謝してた」

「そっか。よかった」

ウィルの笑顔はまだかたい。

「おなかすいたでしょ？　ごはん食べようね」

「うん！」

ウィル用に取っておいたお昼のメニューを、『収納』から取り出す。

白ごはんは、これでもかと山盛りによそってある。たくさん食べて、元気になって。姉さまの思いも山盛りに込めて。


食事のあと、ハティがウィルを外に連れ出した。

森に行くのは嫌かもしれない、との配慮でツリーハウスへ。

今回、ハティが助けなかった理由と、『剣聖』の心得について話すのだ。

「思ったより、落ち込んでなくてよかった」

静かに様子を見守っていたアロンが言った。

「うん、本当に」

「心配しなくても、ウィルくんは強い子よ。じゃなければ、『真実の目』なんてあげないわ」

ソファでくつろぐいつも通りのイヴの言葉は、なんだかすごく心に染みた。

ウィルとハティが出ていってしばらくして、『ビビ』が1階に下りてきた。冒険者の、女性の方。

「本当に、このたびは、なんとお礼を申し上げればよいか……」

いきなり土下座から始まるので、困った。

彼女の正体を知ってるアロンも、何とも言えない顔をしてる。

違和感を覚えるのは、皇女様の割にビビの腰が低いからだ。偉そうにされるよりずっと好感は持てるけど。

「とにかく、顔を上げて。お姫様が床に頭を押しつけるなんて、ダメでしょ。わ、おでこ赤くなってるじゃん！」

ビビはハッとして、血の気が引いたように顔を真っ白にした。

「ど、どど、どうして、私の正体を――」

それからまた、ハッとする。今度は興奮したように顔を赤くした。忙しい子だ。

「やはり、あなた様は神様でいらっしゃるのですね！　おかしいなと思っていたのです。危険な『中立の森』の奥深くに、このように立派な建物と美しいお人がたくさん……」

そこでまた、ハッとする。

「私は死んだのですか？」

水色の瞳から涙がどっと溢れた。

「セオも、死んだのですか。どうしよう、私についてきたばっかりに。お願いです。セオはまだ生きねばならないのです。どうか、助けてください。国には残してきた妹も――」

「死んでない。死んでないから、落ち着いて。ビビも、セオも、ちゃんと生きてる。ほら、心臓の音、するでしょ？」

「ほぇ？」

胸元に手を当てて、確認させる。

「ほんとだ。ほんとだ。わだじ、いぎでるよぉぉぉぉ。ぜおもぉぉぉ」

わんわん、泣き始める。

――わぁ、なんか。

「かわいいね、この皇女様」

私が同意を求めると、アロンに小突かれた。

「いてっ」

「相手は（こんなのでも）大国の皇女だよ。失礼のないようにしないと」

（　）内の小声、ちゃんと聞こえてますよ。

失礼なのはどっちよ。

私はビビの手を引いて立ち上がらせた。

すらりと背が高い。私より10㎝は大きい気がする。女性には珍しいズボン姿も、体にフィットしたジャケットもかっこいい。

とりあえず、落ち着いてもらおう。聞きたいことはたくさんあるけど、質問はそれからだ。

「あのね、ビビ。私はビビと同じ人間だから」

水色の瞳をしっかり見つめて言った。

「そうなのですか？　とても信じられません。こんなにお綺麗な方が同じ人間だなんて――うん、ないです。ないない」

なんで最後だけ真顔になるの。思わず吹き出しちゃって、それが打ち解けるきっかけになった。ビビは少し肩の力が抜け、表情もやわらかくなった。

スポーティで、健康的なかわいさを持つビビだって、とんでもない美少女だ。とっても健全な雰囲気で……私とは真逆のタイプだね。

悲しくはない。悲しくはないけど、でも、やっぱり、ビビのような正統派美少女には憧れるなぁ……。

「私は神に誓って、人間だよ」

「でも、でも、それなら、どうして私の正体を知っているのですか？」

「そういうスキルを持ってるの」

告白する時に、チラッとアロンを確認した。スキルの話はしちゃダメだって言われてたから。

でも、スムーズに話を進めるためには、正直に言ったほうがいいでしょ？

「仕方ない」というふうに、アロンが首を振る。よし、お許しが出た！

「まさか、『鑑定』ですか？　あなた様は、もしや勇者様で？」

そこからビビは、〝ビビ説〟の勇者伝説を語りだした。

彼女が言うには、魔王を倒して行方不明になった勇者は今も生きている。魔王が持っていた永遠の命を得ることのできる石（何それ、賢者の石？）を奪って、姿を変えながら現代まで生きている、と。

そして、その勇者こそ、私なんだって。

ビビの語り口調は熱い。この子も相当な勇者好きらしい。アロンに意味深な視線を投げかけると、睨（にら）まれた。まだ何も言ってないのに！

「その伝説の真偽は分からないけど、私が勇者じゃないことは確かだよ」

「では、あなた様が歴史上２人目の『鑑定』スキル持ちなのですね。教会がうるさそうです」

「ああ、教会は私が『鑑定』持ってること、知らないから」

「え？」

「まぁ、その話はおいおいね。とりあえず、私の家族を紹介するね。まず、あらためて、私はララ。ビビたちを助けたのが弟のウィル。アロンはもう知ってると思うけど薬師さんで、私たちの家庭教師みたいなものかな。それから、セオを運んでくれたのがハティで——」

「ハティは、ララちゃんの恋人候補よ」

イヴが口を挟んでくる。

「余計なこと言わないの。で、彼女がイヴ。私のお姉さん的存在」

「どうも～。ララちゃんの姉のイヴです」

「あの、ひとつよろしいですか」

ビシッと、優等生のように手を上げて、ビビが聞く。

「はい、どうぞ」

「あのですね、イヴ様なのですが、私が敬愛する美の女神様の肖像画と、お姿がそっくりなのですが、これは……」

「きゃっ、バレちゃった」

私、知ってる。嬉しそうに言うイヴは、最初からバラす気満々だったって。

もっとこうさ、やんわり、じっくり、伝えていく方法がきっとあったと思うんだ。

「ひ」

「ひ？」

「ひ」

「ひ？」

「ひえぇぇぇぇぇぇぇぇお許しをぉぉぉぉぉ」

また、土下座だよ。

起き上がらせるまで、数時間はかかると見た。

「アロンの時は、もうちょい落ち着いて話せたのに。どうしてこうなった？」

「私は案外神経が図太いらしい」

アロンがおかしそうに言った。かくいう私も、アロンのお仲間だ。神様ズの正体を知っても、「ひぇぇぇ」なんて言わなかったからね。


「取り乱してしまって、申し訳ありません……」

やっとのことで落ち着いたビビは、小さくなって謝った。

テーブルに着かせることには成功したものの、狼に囲まれた羊のように震えてる。

コーヒーを勧めると、「イエス・サー！」と言わんばかりに一気に飲み干した。わぁ、熱いのに。案の定、むせ返る。それでもお世辞を言おうと頑張る育ちのよさ。

「大変美味しゅうございます……」

うーむ。かたい。

「アロンの顔が怖いからじゃない？」

「イヴ様の距離が近すぎるからだと思うよ」

「この子、かわいいわぁ」

イヴに頬をつつかれ、ビビの表情がこわばった。頬を上気させて鼻息荒く……って、これはどちらかというと、恍惚の表情？

そういえば、イヴのこと、『敬愛する美の女神様』とか言ってたっけ。

とにかく、このままでは話が進まないので、イヴをビビから引き離す。

「いやぁん」

いやぁん、じゃありません。

「そんなにかしこまらなくていいんだよ」

ちらっとイヴを見て、苦笑する。

神様を前に「かしこまるな」って言うのは無理な話か。特に、自分が信仰してる神様ならなおさら。

だから「少なくとも、私に対しては」と付け足しておいた。

「ビビはお姫様なんだし、それに、私より年上だし」

「えっ！」

ビビが目をまん丸にして叫ぶ。

「ララ様は私より年下なのですか⁉」

薄々気づいてた。私って、14歳に見えないんじゃないかって。出るとこ出すぎだし、少女というより「女」っぽい顔つきだし。

しかし、17歳のビビより年上に思われてたなんて、一体何歳に見られてたのかな。

ちょっとフクザツ。

「ごめんね。私、偉そうにタメ口きいてるから、年上に思われても仕方ないよね……はは」

勘違いポイントはそこじゃないって分かってるけど、そう思い込むことにする。

「いえ、タメ口でよいのです！　ララ様が衣食住を与えてくださらねば、傷が癒えたとて、私たちは死んでいました。ウィル様も、そしてララ様も、私たちの命の恩人なのですから、むしろ命令口調でも！　この家の下働きになれとおっしゃるなら、そのように――」

「わぁ、いいから！　それはダメ！」

大国の皇女様を下働きに、なんて笑えないよ。

「『中立の森』では、身分も立場も関係ない。でしょ？　ビビもタメ口で話して。それから、『ララ様』はやめて。ララって呼んで。ね、お願いだから」

堅苦しい関係はカンベンだ。息が詰まるし。

「——ララ様、いえ、ララがそう言うのならば、従おう」

驚いた。素の口調はかたい感じなんだね！

ちょっとハティに似てるかも。ハティも最近はだいぶやわらかい口調になってきたけど、相変わらず武士っぽいし、ビビは武士2号といったところ。

と、緊張がほぐれたところで、やっと本題に入る。

まずはそう。

「『中立の森』にいた理由、聞いてもいい？」

ここは『中立の森』。政治的に何人たりとも侵入禁止の森。仮に侵入しようにも、恐ろしい魔物に阻まれて、普通の人は奥まで生きて入れない森。そのはずだった。

だけど、ビビたちはこの森深くまで生きて入り込めた。『安寧(あんねい)の地』の安全の前提が、崩れてしまう。由々しき事態だ。

「『魔石』を取りに来たんだ」

ビビは気まずそうに白状した。

――『魔石』というのは、魔物の体内にある魔力核のことだ。魔力を持つ魔物は魔法が使える（アロン塾より）。

「魔石？　でも、どうして『中立の森』に？　魔物がいる森は、ほかにもたくさんあるよね」

「それは――、『中立の森』には強い魔物がたくさんいるからだよ」

強い魔物は、そのぶん魔石も大きい。そして、大きな魔石は高く売れる。手っ取り早く稼ぐために、ビビとセオは『中立の森』を狩場に選んだそうだ。危険を承知で。

「ちょっと待て」アロンが口を挟む。

「魔石は装飾品として、わずかばかり需要があるだけだよね。大きな魔石でも、そこまで高く売れない。命をかけるほどの価値はないよ」

魔石は宝石みたいに綺麗だから、装飾品として取引きされてるらしいけど、本物の宝石より価値は劣る。なんせ魔物はたくさんいて、魔石は魔物を殺せばいつでも手に入るから、珍しくない石なんだ。

ビビは大きく頷いた。

「そう、ちょっと前までは石ころ同然の価値しかなかったんだが、最近、タリス王国が『魔石』を使った画期的な魔法具を生み出してね。『魔道具』というのだが……」

『魔道具』……？

何それ。

「アロン、知ってる？」

「聞いたことなら。……もう実用段階に？」

ビビが頷く。

「先日、炎を生み出す『魔道具』の作成に成功したって噂だ。近いうちに、軍に導入されるだろう」

「炎を生み出す――まるで、火の魔法だね」

「そう、効果は火の魔法と同等。いや、ともすればそれ以上か。魔石が大きいほど、威力が上がるらしい。それでタリス王国は今、魔石を高値で買い取っている。だから――大きな魔石を持つ強い魔物を狩ろうと『中立の森』に入ったんだ……。結果はこの通り、お恥ずかしい限りだ」

「そうだったんだね」

ビビが『中立の森』にいた理由は、納得できた。と同時に、不安も覚える。

――『中立の森』に行けば、強い魔物の大きな魔石が手に入る。

そう考えて森に侵入しようとする冒険者は、きっと、ビビたちだけじゃない。

私の不安を吹き飛ばすように、「心配ないわ」とイヴは呑気に笑ってる。

「たいていの人間は、ここへ辿り着く前に食われてしまうもの」

人間は、私たちの『安寧の地』にまで到達できないと信じて疑っていない。

「たいていじゃ困るよ。現に、ビビたちは辿り着けたんだし」

「それは、ウィルくんの手助けがあったからでしょう。でなきゃ、今頃死んでるわ」

その通りです、とビビは認めた。

『中立の森』には、強い魔物がうじゃうじゃいる。倒せば高価な魔石が手に入る——そう思って森に入ったけど、現実は厳しいものだった。一番弱いはずの一角うさぎですら、通常の10倍は凶暴で、1体も倒すことができなかった。すぐに引き返せばよかったのだが、ジャイアントベアーに目をつけられて、執拗に追われ、気づけば1週間ほど飲まず食わずのまま森の奥地へ追い込まれ……」

思い出したのか、ぶるりと震える。

大変だったんだね……。

同情する空気が流れたけど、アロンだけは厳しさを失わない。そもそもの疑問なんだけど、と再び口を挟んだ。

「君は皇女だろう。いくら王族の決まりで冒険者に身をやつしていても、国からの援助があるはずだよね。死地へ向かわねばならないほど困窮していたのは、どういうわけだい？」

「あ」

ほんとだ、どうしてだろう。

ビビはお姫様なんだから、お金に困ることなんてなさそうなのに。

「それは……」

ビビは言い淀む。

「それは、私とセオが国を逃げ出した……逃亡者だからだ」

私とアロンは顔を見合わせる。

なんと、ビビも私たちと同類だったのだ！


ビビの話をまとめると、こうなる。

かつては『ノブレス・オブリージュ』の崇高な精神を貫く素晴らしい国だったトランスバール帝国だが、今は見る影もない。

皇族は領土を広げることばかりに固執し、貴族は保身に走る。金と民を自らの欲望のために使い潰す。やつらは国をダメにする害虫だとビビは吐き捨てた。

ビビはそんな状況が許せなくて、皇女として行動を起こした。皇帝や貴族の意識を変えようと、一生懸命に働きかけた。けれど――「黒髪が偉そうなことを！」――ビビの国でも、黒髪は忌み子。誰も話すら聞いてくれなかった。

あげく、改革運動で悪目立ちしてしまったビビは、皇位継承を狙う邪魔者として、兄弟やその派閥の貴族たちから命を狙われるようになった。だから、国を逃げ出した。ただひとりの騎士、セオを連れて。

セオは、とビビが初めて表情をやわらげた。

「セオは私の、唯一の味方なんだ。昔も、そして今も。こんな私を、自分の命を投げ打ってまで守ろうとしてくれる。そんなことをしても、何の得にもならないのに、だ。――セオだけなんだ」

ぽっと頬を赤くするビビ。なんだかピンクな空気。

――私、分かっちゃった！

ビビは、セオが好きなんだ。ただ「好き」じゃなくて、特別な「好き」。

私が知らない、気持ち。いいなぁ、それを知ってるっていうだけで、大人に見える。

と、その時。ビビが素っ頓狂(とんきょう)な声を上げ、立ち上がった。

「セオ……！」

階段の下に、ビビの想い人がいた。

セオは茶髪を短く刈り込んだ、目つきの鋭い男性だった。今は頬がこけているけど、体つきビはセオのもとに駆け寄った。甘い再会かと思いきや、その胸倉を激しくつかむ。

「聞いてないよな？　な？　聞いてないと言え」

「……聞いてません」

「やっぱり本当のことを言え～！」

「がっつり聞きました。いつも言ってるでしょう？　オレはビビ様の側にいるだけで得した気分になれるんです。オレにとっても、ビビ様は唯一なんですよ」

セオの胸を叩く手が弱まり、水色の瞳にみるみる涙が溜まる。

「バカセオ。無事でよかったよぉぉぉぉ、うわぁぁぁぁん」

なーんだ。私は苦笑する。やっぱり、甘い再会じゃん。

大事な人を心配して、大声で泣けるビビはやっぱりかわいい皇女様だ。

愛おしそうにビビの頭を撫でるセオ。セオにとっても、ビビは「特別」なんだね。

ふいに思う。

――じゃあ、私にとっての「特別」は誰だろう？

「このたびは本当にありがとうございました！」

セオはビビと同じ勢いで頭を下げた。

頭を上げてください。いやいや、しかし！　それから、神様のくだり。

ぜんぶが大げさで、すっごいデジャブ感。ビビとセオが似たもの同士なのか、それとも、普通はみんなこう？

そうこうしていると、ハティと話を終えたウィルが帰ってきた。

突進してきた体が、ばふ、と胸におさまる。まだまだ小さな体。だけど、やわらかい部分は確実に減ってきているし、身長だって着実に伸びてる。

「ぼくね、きめたんだ」

「うん？」

「姉さまだけじゃない。みんなをまもれるつよーい〝けんせい〟になる」

強い光を放つ、決意の瞳。

「うん……うん。姉さま、応援するね」

ちょっとうるっと来ちゃった。

ウィルの成長が嬉しくも、ちょっと寂しい。この先、ウィルがたくさん傷つくかもしれないと思うと、胸が締めつけられるくらい心配でもある。

でも、よかった。ウィルにいつも通りの天使の笑顔が戻ってる。私はウィルを陰ながら支えることで、守っていこう。この無邪気な笑顔が消えないように。

「心配いらない。俺がついてる」

私の頭の上に軽いキスを落として、ハティが言った。

「キス」と「ハグ」には私の許可を得るって約束したはずなのに。

自信満々な笑みを見て、私の心臓がおかしな具合に跳ねた。

私の「特別」は——

ぐんと手を引かれ、びっくりして振り向く。

「気づかないで、ララ」

アロンの懇願するような青い瞳が、レンズの向こうから私を見た。

空腹なビビとセオのために、ちょっと早めの夕食を用意する。
すぐに食べられた方がいいよね、と『収納』からできあいの料理を出していると、
「相手が『いい人』だからって、何でもぽんぽん見せればいいってもんじゃないよ」
アロンが横から文句を言った。視線が促す先には、ぽんぽん出てくる料理に口をあんぐり開

けるビビとセオ。

しまった。『収納』のこと、先に説明すべきだった。病人には刺激が強すぎる光景かも？

「病人じゃなくともね」

アロンが皮肉っぽく言う。それからこっそり耳打ち。

『『スキル』はなるべく隠す方向で」

私はぷっくり頬を膨らませた。

「ビビとセオはしばらくうちにいることになると思うから、いずれバレるって」

「まったく。君はそうやって、すぐに緊張を解いてしまう。危機感が足りない」

「外では気をつけるよ」

「信用できないね。君はうっかり者だから。ほんと、脳みそのできを疑うよ」

引き受けたジュースを食卓へ運ぶアロンの背中を見送って、私は深く息を吐いた。

——ふぅ、よかった。

いつも通りの憎まれ口にこれほど安心するなんて。

さっきのアロン、何だか変だったから。視線が妙に熱っぽくて……。私、ちょっとどきっとしちゃった。——ていうか、『気づかないで』って何のことだろう。

「うまー！　何これ、うまー!!」

ビビは小学生男子みたいにごはんをかきこんで食べた。とても皇女様とは思えないわんぱくぶり。

「こんな美味しい食事、久しぶりだ」

「すみません、オレが不甲斐ないせいで……」

「セオは悪くないと言ったろ！　私が詐欺師に騙されて、全財産渡しちゃったから……」

思わぬところで、逃亡資金に困窮してた原因が判明した。

国を抜け出したばかりのお姫様と騎士は世間知らずなんだ。他人事とは思えない。私も、アロンと出会ってなかったら、どうなってたか。考えるだけでぞっとする。

「よしよし、たんとお食べ！　おかわりたくさんあるからね！」

おかわりは次々に出ていく。『収納』の食材が空っぽになるまで、それは続いた。王族って、フォークとナイフでちまちま少量だけを食べるイメージだったけど、ビビを見ていると、そんな思い込みがどんどん崩れていく。でもそれは、決して悪い意味じゃない。

ビビたちの素性が明らかになったところで、こちらも素性を明かすことにした。ビビの説明に嘘がないことは、ウィルが保証してる。ならば、同じ逃亡者同士、すべてを知った上で協力関係を結んだほうがいいと思った。『いい人』であるはずのビビとセオなら、秘密を守ってくれると信じてる。

「よいか」ハティが悪ノリしてる。

「誰かに秘密を洩らせば命はないと思え。——秘密の重みに耐えきれないというならば、今この場で食い殺してやってもよいが、どうする」

「ひぃ！　誰にも言いません！　秘密にしますからぁ……！」

「もう、ハティ」

私はハティの腕をぺしと叩いた。

「変なこと言って怖がらせないで」

ぺしってされたのがよほどショックだったみたい。ハティは瞳をうるませて、上目遣いに私を見た。

「お前たちのせいでララに怒られた。覚えておけ。俺は常に見張っているぞ」

捨て台詞（ぜりふ）が弱々しい。

「ビビ、安心して。口封じに殺したりなんて、もちろんしないから。そうするつもりなら、最初から助けたりしない。ビビたちとは仲よくしたいの。だから、本当のことを話したの」

小刻みに頷くビビとセオ。

うん。私の気持ち、分かってくれた……のかな？

こんな時、頼りになるのは、やっぱり我が家の天使様。

「だいじょうぶだよ、ビビ、セオ」

ウィルはビビとセオの手を握って笑いかける。

「ぼくたちは、もうなかまだよ。にげまわらなくたっていいの。ずーっとここにいてもいいんだよ」

と、次の瞬間――、
ビビがまた泣き出した。さっきより激しく、魂を絞り出すような泣き方。

不屈の男って雰囲気のセオまで涙ぐんでる。

「本当はわだじ、怖かったの。魔物も怖いけど、人間が一番怖い。捕まったら、殺されちゃう。いつ見つかるのかって、ビクビクして。わだじはいいの。けど、セオが殺されるのだけは嫌」

ずび、ずび、鼻をすすりながら、ビビが訴える。小さなウィルは、背伸びをして、ビビの頭を撫でた。

「よしよし。これからはぼくがたすけてあげるからね」

「うん、うん。ありがとうぅ」

緊張の糸が切れたんだね。ビビは人目もはばからずに、思いっきり泣きじゃくってる。

わぁ、これ、どう泣き止ませればいいわけ？　ああ、よしよし、もう大丈夫だよ。

ビビを慰めるためにあくせくしていると、ウィルが私の手をとった。それから、隣にいるアロンの手を引く。そして、ビビとセオの手に重ねさせた。

「みんな、なかま。ねっ」

意外だったのが、アロンも自らの正体を正直に明かしたこと。別に〝さすらいの薬師〟のままでもよかったのに。

アロンまで、ウィルの天使マジックにかかっていたのかもしれない。

アロンがミナヅキ王国のノヴァ侯爵家から逃げ出した嫡男(ちゃくなん)だと知っても、ビビは意外そうな顔をしなかった。

「あんなイカレた王侯貴族の世界、まともな感覚を持った者はみんな逃げ出すよ。私を含めてな」

そう言うビビは、からっとした気持ちのいい性格をしてる。

早くも私は、ビビのことが好きになっていた。

「私たちは、逃亡者仲間ということか」と、ビビが微笑む。

そうだね。私も、ウィルも、アロンも、ビビも、セオも、みんなそれぞれの事情があって国から逃げてきた。そして、追手に追われる身。逃亡者仲間だ。ひとりじゃ不安でも、同じ境遇の仲間が集えば心強い。

「ねぇ、提案なんだけど、〝逃亡者同盟〟を結成しない？」

私はそう言って、未来の『仲間たち』に笑いかけた。

「私たちはこの先、お互いに助け合って、守り合って生きていくの。困ったことがあれば、必ず頼ること。遠慮はなし。いい？」

「ああ」

「うん」

少しの緊張の中にある、わくわくした気持ち。みんなの笑顔に、確かな希望の光が灯った。

「ビビアン・トランスバールの名にかけて、ここにいる仲間たちを、何があっても裏切らないと誓う」

「オレは一介の騎士にすぎないですけど、ビビアン様と共に誓います」

「では、私も。アーソロン・ノヴァの名にかけて」

アロンの宣言で、私たちの間にあった最後の一線のようなものが消え去った。


ビビと、セオと、アロン。

彼らは今後、名実共に強力な『仲間』になる。

紆余曲折（うよきょくせつ）を経て、トランスバール帝国初の女王になるビビアン・トランスバール。

のちに、『盾の勇者』としてウィルの次に有名な男となる、セオ。彼は圧倒的な武勇と統率力でトランスバール帝国軍のトップに上り詰め、ビビの夫の座を手に入れる。

そして、実家に戻り、ノヴァ侯爵となるアロン。彼はミナヅキ王国の幼い王に代り、政情を背後で操る『影の王』となる。

そんな彼らは、私とウィルのことが大好きだった。この先、すべての権力を使って、私とウィルを狙うすべての勢力を全力で叩きのめすことになる。それはもう、敵に同情してしまうほどに。

けれど、この時点の私は、そんな未来が訪れることなど、つゆほども知らない。

「わーい、仲間が増えた。これからもっと賑やかになりそうだなぁ。楽しみ」

なんて、のんきに思っているだけ。

そして、忘れちゃならない、２人の神様。親のように温かい目で私たちの同盟結成を見守る彼らもまた、『人間たち』に対して色々とやらかすことになるのだけど、もちろん、そのこともまだ、私は知らない。

第2章　勇者の末裔

『中立の森』に住む魔物は、人間には倒せない。それが常識。

だけどひとりだけ、例外がいる。

２００年前に存在した、『勇者・コウタロウ』だ。


「ええっ！　フォーク1本でジャイアントベアーを倒した!?」

ビビの話は衝撃だった。

ビビとセオを助けるため、ウィルはなんとフォーク1本でジャイアントベアーと戦い、あっさり勝利してしまったのだという。ウィルは無事だと分かっていても、血の気が引いた。もう消えたはずの腕の傷がうずく。ジャイアントベアーの恐ろしさは、私もよく知っている。

しっかし、フォークって……あれだよね。おやつ食べる用に私が持たせたやつ。それで倒すって、何それ、どういう状況？

そのウィルはといえば、ちょうど今フォークを握ってる。だけど、手つきはとても不器用で、ブドウを刺すのにも苦戦してる。そのフォークを、武器に？　まっさかー。あはは。

「あら、ウィルくんならそれくらい簡単よぉ。だって、勇者の末裔なんだもの」

イヴのぶっこみ発言は毎度のことだけど、ここまで衝撃を受けたのは初めてだった。

「……ええええええっ!?」

私たちはそろって驚きの声を上げた。


新事実が判明。

コーネット伯爵家は、勇者が興した家だった。つまり、私とウィルは勇者の末裔だってこと。


「まさか、勇者がリーベル王国の貴族になっていたとは」

信じられない、とアロンは首を振る。

200年前、勇者は魔王を倒した後、行方不明になった、とされている。

名前も、性別も、年齢も、すべてが謎に包まれた存在。今ではおとぎ話と変わらない扱い。

絵本では、金髪・碧眼の王子様のような姿で描かれる。

でも実際は——

「ララちゃんに似ているわ」

イヴは愛おしそうに、私を見た。

「黒髪に黒目の男性よ。名前は、コウタロウ。勇者・コウタロウ」

コウタロウ――

聞き覚えがあった。

祈りの間で、木箱からスキルを吸収した時。

『現在の所有者はハセベコウタロウ様です。所有者を変更しますか？』

機械音が、そう言った。

コーネット伯爵家が興ったのは、たしか２００年前。勇者が行方不明になった時期と同じ。

そして、コーネット家の屋敷に保存されていた、勇者と同じスキル……どうして気づかなかったんだろう。

心の底で可能性は考えていたかもしれない。でも、ありえないって思ってた。仮にうちが勇者の末裔の家系なら、見栄っ張りなコーネットの両親が自慢しないはずがない。だけど、あの人たちは、そんなこと一言も言っていなかった。

「秘密にしていたのよ。コウタロウは、自分が勇者だったことを家族にすら黙ってた。子孫に伝わっていないのも、無理ないわ」

壮大すぎる歴史の真実。しかも、自分の血筋に深く関係している。もしかしたら、私の『転生』の理由にも――。

私も含め、しばらくみんなが無言になった。

「まつえいってなーにー？」

ウィルだけが、きょとんとしてる。

「ねぇ、なーにー？」

うーん、説明が難しいな。お父さんのお父さんの、そのまたお父さんの……

「つまり、ウィルと伝説の勇者は、血の繋がった親戚ってことだよ！」

「ぼくと、姉さまみたいな家族？」

「うん、そんな感じ」

なんとなく、ウィルにも理解できたらしい。「すごーい！」とはしゃいでる。明るい笑い声に、場が和んだ。

「しかし、ウィルくんが勇者の末裔なら、あのバカ強さも頷けるな」

驚き疲れた声で、それでも納得だ、とビビとセオは衝撃の事実を受け入れた。

「君たちが色々と規格外だった理由が判明して、逆にスッキリした心持ちだよ……」

アロンは本当にスッキリした顔つき。これからはどんな不思議に遭遇しても、ああ、この子たちは勇者の末裔だから……って納得できる。〝新事実〟で精神的な安定剤を手に入れたってわけ。

私はといえば……。

自分が勇者の末裔だと知って、何がどう変わるわけじゃないけど、勇者を通して初めて、この世界自体に繋がりのようなものを感じた。勇者・コウタロウには、今ではコーネットの両親以上の親しみを感じる。――同じ、元・日本人として。

ビビとセオは、剣の勝負をしようと、ウィルに持ちかけている。よかった。ウィルが勇者の末裔と知っても、変にへりくだったり、態度を変えることはなかった。神様のインパクトが大きすぎて、麻痺してるだけかもしれないけど。「いーよー」と答えるウィルは楽しそう。そこへ、ハティからストップがかかった。

「ウィルはまだ、剣を持ったことがないのだ。手合わせは難しいだろう」

「そんな状態でジャイアントベアーを⁉」

「そこでだ」ハティが提案する。

「よければ、ウィルに剣の指南をしてやってはくれないだろうか」

視線の先には、顔を見合わせるビビとセオ。

「私（オレ）たちが？」

ハティは、人間の剣術を見たことはあっても、使えない。狼に剣術は必要なかったから、学んだことがないんだ。それでも、見よう見まねでウィルに剣術を教えるつもりだった。

だけど今、目の前に適任の教師がいる。

「無理ですよ」

しかし、セオは断った。

「あれを天性の勘とセンスだけで倒したんですよね。末恐ろしい才能だ。オレはこれまで、数多くの剣士を見てきましたが、はっきり言って次元が違う。我々に教えられることはない」

だけど、セオは従者で、決定権はあくまで主人のほうにある。

パコーン！

ビビがセオの頭を叩いた。セオは目を見開く。

「なに怖気(おじけ)づいてんだ、バカ！　セオは騎士団で新人に剣の指導をしてたんだ。きっと役に立てる。彼は命の恩人だ。人間の剣術が必要だというなら、喜んで協力しよう。なっ」

最後は迷いも消え――、結局、セオは〝ヴィルの剣術教師〟になることを了承したのだった。

「はぁ……分かりましたよ。力の及ぶ限り、全力でお教えします」

「ありがと、ビビ、セオ」

ふにゃぁ、と笑うヴィル。ビビとセオも、つられて笑顔になっている。

天使の前では、みんな等しく幸せな顔になるのだ。

こんなにかわいい天使がフォーク1本でジャイアントベアーを倒したとか、信じられないよね。

「よし、じゃあ、これは頑張るウィルに、姉さまからプレゼント」

私は『収納』から一振りの剣を取り出した。黄金に輝く刀身。

「そ、それは……」

アロンがよろよろ近づいてくる。

「『聖剣クレオハーツ』。うちの『剣聖』に初代から代々受け継がれてきた剣だよ」

「「勇者の剣やないかぃッ!!」」

一斉に突っ込まれる。

あ、そっか。初代から受け継がれたってことは、つまり、勇者から受け継がれたってことなんだ。

多くの人々が絵本の中でしか見たことのない輝く剣が、今、ウィルの手に収まった。

『聖剣クレオハーツ』に夢中になる面々を残して、私はソファに向かうイヴを追いかけた。
「イヴは、勇者コウタロウと知り合いだったの？」
「ええ……そうね。彼のことは、よく知ってるわ」

手招かれ、私はイヴと並んで座った。

「彼は私の恋人だったの」

「えっ!?」

「シッ、声が大きいわ」

口をふさぎ、こくこく頷く。

びっくりした。私とウィルが勇者の末裔だって知った時より、驚いたかも。

目がらんらんと輝いていくのが分かる。身内の恋バナ。気になる！

「でも、別れちゃったの？　どうして？」

勇者はイヴと別れて、人間の女性と結婚し、コーネットを興した。だから、私たち子孫が誕生しているわけで。

「私と一緒になって、永遠の命を生きる道もあったのだけど……彼は私の提案を断ったの。人間のまま普通に生きていきたいって」

『人間のまま、普通に生きていきたい』か。

少し……分かる気がした。

私の現状は、普通とはほど遠い。

時々、夢想することがある。『普通』に生まれていたら、どんなに楽だったろうって。たとえば転生者じゃなくて、黒髪でもなくて、貴族でもない。でも、そしたらウィルや神様ズや仲間たちには会えなかったわけだから、今のままでいいんだって、最後は思い直すんだけど。

「コウタロウの子孫であるララに、イヴが興味を持つことは初めから分かっていた。だから、会わせたくなかったのだ」

いつの間にか側に来ていたハティが、ため息と共に言った。

「ララちゃんは、コウタロウと同じ世界の魂を持ってるから、なおさらよ」

うふふ、とイヴは笑った。

私を見ているのに、見ていない。そういう感覚には、既に〝身に覚え〟があった。

イヴは私の中に、勇者の面影(おもかげ)を見ている。


と、そこへ、ビビが申し訳なさそうに話しかけてきた。

「あ、あの、ララ……」

膝と手をすり合わせ、もじもじしちゃって、どうしたのかな？

――あっ！

ピンと来た。急いで案内する。

「こっちだよ」

「すまん」

そうだよね。色々食べて飲んでたのに、うちに来て数時間、ビビはまだ一度もトイレに立ってない。膀胱は限界寸前のはず。

うっかりしてた。気が回らなくて、ごめんね。よく耐えてくれた……！

ビビをトイレに押し込んで、一安心。

乙女の尊厳は守られた。

しかし、5秒後。ビビの絶叫が響き、失敗を悟る。

……やば。トイレの使い方、説明するの忘れてた。


「ビビ様！」

「わーっ、ストップ！」

トイレに駆け込もうとするセオを急いで止める。

「む、虫が出たんだよきっと！　うん！　たぶん、ゴキブリ！　この前からいるんだよね、1匹。ぜんぜん捕まんなくてさぁ……」

「それならなおさら助けに行かないと！　ビビ様は虫が大の苦手なんだ！」

いや、それでよく森で1週間も過ごせたね。と内心ツッコミつつ、

「どんな理由があっても、女の子のトイレをのぞくなんて最低だよ。セオ！　許せない！」

「なっ」

「私、虫得意だから！　ここは任せて！　ね！」

私の目配せに、ウィルは事態を正しく理解してくれた。

「おそとであそぼ〜！」

完璧なアドリブ力だよ、ウィルきゅん！　姉さま感動した！

セオ、アロン、ハティの男性陣がツリーハウスへ連行されていく。


「ララちゃん……」

「言わないで、イヴ。分かってる」

トイレの扉をおそるおそる開ける。

手が震えた。これ、私だったら自殺案件だ。もう一生太陽の下へ出ていけない……。

キィ——

ビビは床にへたりこんでいた。

全身びしょ濡れで。

絶望に沈んだビビの表情が、私の心を深くえぐった。

「ふぇ、ララぁ……」

「あああああ、ごめんよビビぃいいいい」


とまぁ、さんざん騒いだけど、結論として、ビビはおもらし……じゃなくて、粗相？　失禁？　いや、これ、どんだけ丁寧に言おうとも失敗な気がする。とにかく、乙女の尊厳を失ったわけじゃなかった。

じゃあ、なんでびしょ濡れかと言うと……

「ぎゃーっ！　ララ、水が、水が襲ってくるぞ！　ハッ。水魔法の使い手が我らを攻撃しているのか⁉　誰だ、出てこい！　私が相手をしてやる！」

勝手が分からず色々やってるうちに、便器横のレバーと、手洗い用のシャワーヘッドを引っ張って破壊。ビビはそこから溢れ出した水を頭からかぶったってわけ。

引っ張って……普通、壊れるかな？

皇女様の細腕で？　冒険者の名はだてじゃないらしい。

トイレの中はひどいありさまだった。金属レバーの残骸が床に散らばってる。これ、修理できるのか？　ちょっと怪しい感じ。

いずれにせよ、この事態を招いたのは私。

ぽっとん便所しか知らないこの世界の人たちにとって、日本のトイレはまるで宇宙人の産物だ。一見して使い方を把握するのは無理。なのに私ってば、ビビを未知の宇宙に放り出してしまった。

だけど、偉いよ、ビビ！　ちゃんと便器でおしっこできただけ、すっごく偉い！

「大丈夫。誰も攻撃してきてないよ。このトイレはね、これこれこういう仕組みで――」

宇宙人の産物について説明するのは骨が折れた。なんとかビビを落ち着かせて、立ち上がらせる。

ジャケットの下は、薄手のシャツ1枚だけ。水はビビの茶色い下着を浮き上がらせた。

わお、ハプニングラッキースケベ。正統派美少女の濡れ姿、これってかなり〝美味しい〟状況なんだろうな――少年漫画とかでは。残念ながら、うちは少女漫画の部類だけど。

「あ、そうだ」

その時、私は素晴らしいことを思いついた。

むふふ、と笑ってビビの肩に手をかける。

「濡れちゃったし、着替えよっか、ビビ」

「これくらい放っておけば乾く――ちょ、ララ？　え？」

ビビを私の部屋に強制連行。アロンチョイスのかわいいワンピースを貸してあげることにしたのだ。

「あの、ララ？　まさかとは思うが、これを私が着るの？」

「そうだよ」

「む、無理だ、私にはこんなフリフリ」

「皇女様時代はふりふりドレスばっかり着てたんじゃないの？」

「着てない！　私はずっと騎士服で過ごしてきたんだ」

「え、でも、パーティーの時とかは……」

「……私には誰も女を期待していない。ボロでさえなければ、男装だって許される」

うーむ。ビビの国も、なかなか闇が深そう。

「ビビ」

私はビビの手を取って、悲しげな水色の瞳をのぞきこんだ。

「私もね、つい最近まで黒いワンピースしか着たことがなかったんだよ。14年間も。そのせいですっかり黒に慣れちゃって、色つきのこういうかわいい服を着るのに、すっごく勇気がいった」

「それは、その、黒髪のせいで……？」

「そう、黒髪のせいで。私なんて、目も黒いからもっとひどいよ。ララって名前はね、〝死を運ぶ不吉の鳥〟『ララーシュア』から取ったものなの。で、親には『不吉なお前には葬式服が似合いだ』って言われて――」

「なんだそれ……！　最低だな！」

自分が言われたわけじゃないのに、顔を真っ赤にして、本気で怒ってくれるビビ。うーん、やっぱりこの子好き。おなかの中がポカポカする。

「でもね、私、この黒い髪も、黒い目も、好きなんだ。誰がなんと言おうと、綺麗だって思えるし、こういうかわいい服だって、きっと似合うんだよ」

「私も黒は嫌いじゃない。セオが綺麗だと言ってくれたから……」

黒髪が綺麗、か。ハティもそんなふうに言ってくれたっけ――。

それにしても、ぽっと頬を染めて恥じらう美少女。なんだこれ、破壊力がハンパないぞ！

男っぽい服を着てこれだから、かわいいワンピース着たらどうなってしまうんだ！

あまりのかわいさに、セオは気絶してしまうかもしれないね！

……と、ここまですべて心の中で言ったはずなのに、ぜんぶ言葉に出てしまっていたようだ。

ビビはますます頬を赤くして、もじもじする。

「セオはこういうの、好きだろうか」

「好き好き、絶対好き！」

男心なんてこれっぽっちも分かんないけど、女の子っぽく変身したビビを、セオがかわいいって思うことくらいは分かる。

「じゃあ、着てみる……」

やった！

そこから私は、ビビを超特急で〝お姫様〟に変身させた。デコルテがしっかり出るタイプの水色のワンピースを着せて、ポニーテールの髪はほどいてハーフアップに。お母様からちょうだいしてきた真珠のイヤリングをつけて、これまたお母様からちょうだいした赤い口紅でぷるるん唇をほんのり色づけ。

「ふぉぉぉぉ……」

ビビのあまりの神々(こうごう)しさに、私は思わず両手を合わせて拝んでいた。

これは罪深い……

「あの、ちょっとは見れる感じか……？」

「うん、めっちゃ見れる。永遠に見てられる。おし、行こう！　すぐに行こう！　そのかわいさを見せつけて、セオを失神させてやるんだ！」

半分冗談だったこの計画は見事に成功。

ビビを見たセオはたっぷり1分かたまって、たらーっと鼻血を垂らしたかと思うと、真後ろにぶっ倒れてしまった。

うそやん。そこまで？

「あのさ、分かってると思うけど、彼は病み上がりなんだよ。あまり刺激の強いものを与えないでくれない？」

アロンに叱られてしまった。ごめんなさい。でも、セオは今頃きっと女神の夢を見てるよ。このまま死んでも本望だと思うね。物騒なこと言わない！　とまた雷が飛ぶ。分かった、反省、もうお口にチャックします。これ以上雷を落とされる前に——退散！

そうして、2時間後——

「もう、飲みすぎだよ！」

居間の絨毯の上、生気をなくして転がる5人。私はその間を行ったり来たりして、みんなに水を飲ませていった。

『仲を深めるには、お酒の席が一番！』

あの後、イヴがそんなことを言い出して、急きょ、飲み会が開催されたんだ。

病み上がりに酒など冗談じゃない！　という至極もっともなアロンの主張は誰にも届かなかった。当の病人が、ハイテンションでお酒を飲み続けてるんだもん。

ビビは酔うとオヤジくさくなる。アロンの首根っこを捕まえて、貴族のなんたるかについて延々と説教。

　気絶してたセオもすぐに復活して、当たり前のように飲み会に参加。ほどなく、セオは泣き上戸であることが判明。自分の剣の腕をひたすらなげき続ける。かと思えば、ビビとアロンの距離が近いとキレだして、剣を抜くケンカに発展。

　イヴとハティはやんわりとケンカの仲裁をしつつ、何百年も昔の話で盛り上がり……

　ワインにエールにウイスキー、用意したお酒はことごとく消え失せた。

　お父様が自慢してた、年代もののお高いお酒も。どれがそれだか分からなかったけど。

　ああ、泣かないで、お父様。ただのコレクションだったお酒が、神様と皇女様を満足させる貢ぎものに変わったんだから、喜ばしいことじゃない。

　飲み会の終盤には、みんな仲よしこよし。肩を組み、意味不明な曲を陽気に歌ってた。お酒で仲が深まるっていうのは、本当かもね。

「信じてたのに……ぐす。助けてくれなかったね……ぐす」

　横になったまま膝を抱えて鼻をすするアロン。いつもひとつに結んである灰色の長髪がほどけてる。メガネもどこかでなくしたみたいで、悲壮感ただよう姿は、なんだかか弱い女の人みたいに見えた。

飲み会中、助けを求める視線には気づいていたけど見捨てちゃったので、罪悪感がある。

この世界では一応成人でも、14歳の体でお酒を飲むのには抵抗があって、私はおつまみを作ることに専念してたんだ。あと、ウィルを2階に寝かせに行ったり。

「ごめんよ。ほら、薬湯飲んで」

アロンの指示で煎じた酔い覚ましの薬湯を飲ませ、背中をさする。

「……ぷは。ああ、人間が恋しい。有象無象の群衆の中に埋もれたい……」

「何言ってるの。人間なら目の前にいるじゃない」

睨まれた。なんで？

「この家に〝人間〟はいないよ。〝自分を人間だと勘違いしてる何か〟ならいるけどね。まず、勇者譲りの規格外な『スキル』を持つ姉弟、それから神様と、さっきまで死にかけてたのに、あっという間に怪我を治して元気に飲んだくれる理解不能な肉体を持つ主従と――」

「はいはい。もう、ごめんってば……！　機嫌直してよ」

「知らない」

向けられた背中からは、もう一言も話したくないっていう意思が伝わってくる。

そんなに怒らなくてもいいじゃん……。

「ねぇ、アロン？」

手を伸ばして灰色の髪を払った。するとまぶたが開き、青い瞳が私を捕えた。どきりとする。

引っ込めかけた手を、アロンがつかんだ。

「ララ、私はね——」


「ララ」

ハティが私を呼んだ。腕を引かれ、アロンの手が離れる。代りにハティの指先が、私のまぶたに触れた。

「ひどいな、くまができているじゃないか。さあ、もう眠りに行こう」

「あ、うん。——そうだ、アロン。今日は泊まってくといいよ。もう遅いし」

「……うん、そうさせてもらうよ」

微笑んだアロンは、もういつものアロンだ。

——さっきのは、何だったんだろう。何か言いかけてた。

空き部屋はビビたちで埋まってるから、アロンには『収納』から余りのソファを出してあげた。ブランケットと枕をセットして、これでよし。

色々あったけど、今日はもう、これで終わり。穏やかに――とは、まだ寝かせてくれないらしい。

「待て」

ハティと並んで続き部屋に向かおうとしたところで、アロンに呼び止められた。

「君たちは、一緒に眠っているのか？」

私が頷く前に、「そうだ」とハティが私を抱き寄せる。

「毎夜抱き合って眠っているのだぞ。2人きりでな。ララは俺を抱きしめて眠るのが好きなのだ」

私は信じられない思いでハティの横顔を見た。

その言い方じゃあ、誤解されちゃう！

「2人きりで……抱き合って……？」

「違うんだよ、アロン。たしかに同じベッドで寝てるけど、ハティは狼の姿に変身してるし、時々しっぽを〝抱き枕〟にすることはあるけど、抱き合うとかはしてなくて……」

――あれ、何を必死に言い訳してるんだろ。

別にいいじゃん、私が誰とどこで寝たってさ。アロンには関係ない。

「未婚の男女が同じベッドで眠るだと!?　君の貞操観念はどうなってる！」

「で、でもさ、ハティは狼の姿で……」

「姿がどうだろうが関係ない。一緒に眠っているのは、君のことが好きだと公言している男だぞ！　男なんだ！　力づくで、君を好きにできてしまう！」

「それは……」

身に覚えがあるだけに、反論できない。すーっと視線をそらすと、その仕草でアロンにはすべて分かってしまったらしく……

「バカ！　ほんと、君ってば無防備にもほどがある！　ハティ殿、未婚の男女が寝所を共にするなど、ありえない。人間のルールはご存じでしょう。ララの無知につけ込まないでいただきたい」

「俺は神だ。人間のルールなど知らん」

「じゃあ、今、知れ！」

「ララは俺と眠りたいのだろう？　『ぬくぬくして気持ちいい』とよく言っているものな」

「ダメだ！　ララ、嫌だと言うんだ。はっきり言ってやらないと、このバカ神は分からない」

「ええっと、ええっと……」

2人とも酔ってて、ハティは意地悪だし、アロンは口調が荒いし、なんだか怖い。

結果、私は逃げ出すことにした。

「わ、私は2階でウィルと寝る！」

「なっ」

「うん、それがいいね」

絶句するハティと、満足げに腕組みするアロン。

私は続けた。

「だから、私のベッドはアロンとハティで使うといいよ！」

「「……は？」」

「2人で一緒に寝て！　ね、キングサイズだから2人でも問題なく広く使えるよ！」

うんうん、ナイスアイデア！　とばかりに、２人を続き部屋のベッドルームに押し込む。

「ララっ」

「仲よくするって約束したでしょ、ハティ。ちゃんと2人で、ベッドで寝てね。どっちかが床とか、ダメだよ？　じゃ、そういうことで。おやすみ！」

すがりついてくるハティの腕を振りほどき、呆気にとられてるアロンの鼻先で扉を閉める。

それから私は一目散に2階へ駆け上がった。ウィルの温もりが待ってる。

　魔物を殺しちゃったウィルを慰めて、新しい住人のお世話をして、歴史の真実に驚いて、私はヘトヘトに疲れていた。

あ、そういえば壊れたトイレだけど、なぜか自然に直ってた。どうやらこの家にあるものは、自己修復機能を備えているらしい。ま、そういうこともあるか。

◆◇◆◇◆

ウィルのベッドは控えめに言っても天国だった。狭いのを口実にくっつき放題。別々に眠るようになってまだそれほど経ってないけど、ミルクの匂いとやわらかい温もりが、既に懐かしかった。

寝覚めもすっきり。

うーんと伸びをして体を起こすと、胸元から何かが転げ落ちた。

「うっ……わ、びっくりした」

ウィルのお友だちのお猿さんだった。

安眠を妨害されたからか、文句を言ってる。私は動物と意思疎通できるスキルなんて持ってないし、詳しい内容は分かんないけど、たぶん、急に動くな！　とかなんとか。

「ごめん、ほら、ブドウあげるから許してよ」

『収納』から取り出したブドウを1粒手渡す。けれど、ぺしっと弾かれてしまった。

「くっ、ならこれでどうだ！」

1本1000円の、皮ごと食べられる高級バナナ！

デパートの試食で味わったあの芳醇(ほうじゅん)な甘さは忘れられない。

お猿さんの目が変わった。しかし！　急に飛びつくのはプライドが許さないのか、興味ないフリをしてる。ぜんぜんできてないけど。

「ほれほれ、欲しいんでしょ？」

「キ、キィ……キッ」

ふんって首を振って見せてるけど、ヨダレの量で分かる。本当は喉(のど)から手が出るほどほしいはず。でしょ？

なんて、しばらく焦(じ)らしてたけど、涙目のお猿さんがだんだん可哀想になってきた。これじゃ私がいじめてるみたい。やだ、気まずい。

「ほら、あげる」

「キィ……」

「もう、素直になりなよ。ほら」

「キッ」

奪い取ったバナナを一気にほおばるお猿さん。頬をとろけさせて、満足げ。

それを見てたのか、微妙な距離にいた小鳥たちが催促にやってきた。頭や肩や膝に乗られて、最初こそ、

「わ〜、小鳥と仲よしなんて外国アニメのプリンセスみたいでステキ！」

なんて喜んでたけど、これ違う。

ただのカツアゲだ。

「待って、ちゃんとみんなにもあげるから！　ぶ、髪食べないで！　ハゲるわ‼」

小鳥の中には魔物も混じってる。つまり、私の眷属も混じってるってことだけど……ご主人様にカツアゲって、もしかして私、すごくなめられてない？

「うにゅ、姉さま……？」

キイキイ、ピーピー
この騒ぎで、ウィルも起きてしまった。

「ウィル、助けて。ひゃぁ！」

「こらー！　みんなメッ！だよ！」

天使の一喝（いっかつ）の威力はすさまじく、その場は水を打ったように、一瞬で静かになった。

空中で羽ばたきを止めた小鳥が、コロッと床に落ちる。

「ぼく、姉さまをいじめる子はきらいです」

なんということでしょう。

小鳥たち＋お猿さんが「ごめんね」というようにウィルにすりすりしだした。遠慮がちに、上目遣いに、みんなウィルに嫌われるのだけは耐えられないみたい。

私への態度とえらい違いだ。

「うん、ふふん、姉さま、ウィルは私のことが一番好きだもんねー？」

ウィルを抱きしめながら、小鳥たち＋お猿さんをニヤニヤ見下ろす。いい気分だ。

「チッ」

「はい、誰ですかー、今舌打ちしたの。私のウィルが許しませんよ～！」

うへへ。負け犬どもめ！

私たちのラブラブを存分に見よ！

「姉さま、どーしてここにいるの？」

ウィルがきゅるるんお目々で見つめてくる。

細い金髪があちこち跳ねてて、衝撃的なかわいさ。

「んー？　久しぶりにウィルとぎゅーってして寝たかったから。ぎゅーっ」

「きゃはは、くすぐったいよ」

「むぎゅーっ」

ウィルの顔色はいい。ジャイアントベアーを殺してしまったと泣いていた時の暗い影は、もうどこにもない。


昨日、ハティはウィルをツリーハウスへ連れていき、そこで何かを話した。帰ってきたウィルは、すっかりショックから立ち直っていた。

一体、どんな話をしたんだろう。聞いても、ウィルは教えてくれないんだよね。『おとこどうしのひみつなの』とか言って。ずるい。けど、なんかいいよね、そういうの。特別な感じがする。


ウィルと仲よく手を繋いで下りた1階。居間に足を踏み入れた途端、淀んだ空気が体にまとわりついてきた。

なにこれ。なんというか、黒い……負のオーラ?

「ララ！　ああ、ララだ！　ララの匂い！　ララ！　ララ！」

「どふっ」

ハティに突進され、私はうめいた。

大きさを考えてほしいよ！

ちなみに今日も、人間の姿。最近、眠る時以外は、ずっとそう。5本指のほうが細かい作業ができて便利なんだって。

「うぅ、ララぁ、ララぁ」

すーはーすーはー私の髪の中で深呼吸してる。

「ど、どうしたの、ハティ」

こんなに取り乱してるの、初めて見る。

「臭うだろう？　べっとり、たっぷり、あの男の臭いがついたのだ！　ああ、絶望だ、死んでしまう。ララを補充しなければ、今すぐに」

目尻に涙をにじませ、嘆くハティはとても綺麗……あやうく見惚れるところだった。

「こら！　どさくさに紛れて際どいとこ触らないの！」

「ララは俺が死んでもよいと言うのか？」

「ハティは死なないでしょ、神様なんだから。ていうか……」

食卓の椅子には、生気の抜けたアロンが沈んでる。負のオーラはあそこから？

「なにあれ、またケンカしたの？」

さっと視線をそらすハティ。……怪しい。

「してないぞ！　ただ、男と肩を寄せ合って眠るなど、ぞっとする。だから、ほんの少し文句を言ったり、蹴飛ばしたりしただけだ」

「一方的に？　無抵抗のアロンに？　それってただの暴行じゃん！　ケンカより悪いよ！」

「だっ――」

「だっては許しません」

「クゥン……」

狼に変身したハティの頭を、ウィルがよしよしする。こんな時だけかわいい姿に戻るのは卑怯だと思います！

「……やぁ、ララ。おはよう。悪いけど、お茶、勝手に淹れさせてもらったよ」

「あ、うん。それはもう、どうぞご自由に……」

アロンの目の下には、濃いクマができている。青い瞳の色と同化して、空洞のよう。

未婚の男女が一緒に眠っていたことについて、朝からお小言があるかと思ったけど、アロンにその気力はないみたい。私が望んだ通り、単に忘れてるだけかもしれないけど。拍子抜け。

アロンはふらふらと立ち上がった。今まで気づかなかったけど、来た時のように服が整えられている。もちろん、髪もしっかり結わえてある。いつもより、若干ほつれ髪が多い気はするけど。メガネはなし。結局、見つからなかったみたい。

「帰るの？」

「うん。街に部下を待たせてる。行かないと……ビビたち用に調合した薬を持って、明後日また来るよ」

「だいじょうぶ？　そんな調子で馬に乗れるの？　朝食だけでも、食べていかない？」

「朝食はまた今度で。ズィは優秀だから、上で眠ってても私を家に送り届けてくれるさ」

ズィというのは、イヴの眷属の植物馬のことだ。たしかに、彼に任せればアロンは安全。

ここは大人しく引き下がり、アロンを見送りに出ることにした。

ウィルは〝めそめそハティ〟を慰めるのに忙しいし、ビビたちやイヴはまだぐーすか寝てるので、私ひとりで。


早朝の森は薄い霧に覆われている。湿った空気がむき出しの肌にひんやりと冷たい。

私たちの気配を察してか、植物馬のズィが静かに現れた。アロンはズィに挨拶し、鞍を整える。

「アロン」

「うん？」

「アロンがいてくれて、助かったよ。ビビたちのこと、私ひとりだったら冷静に対応できなかったと思う。もちろん、ハティやイヴも助けてくれたけど、人間の視点でしっかり私に意見をくれるアロンがいてくれて、よかった」

青い瞳が見開く。

「ああ、もう」

しばらくして、手を取られる。深く吐かれた息は決意に満ちていた。普段、触れ合うことは少ないから、手を繋いでいると緊張する。

私はくすくす笑った。

「もう、アロンってば、昨日からどうしちゃったの？　変だよ」

「好きなんだ」

「え？」

繋いだ手が熱い。アロンの顔は真っ赤で、いつもまっすぐな瞳が今は下を向いている。

「君が好きだ」

その瞬間、私を襲ったのは、予想以上の動揺だった。心の中が激しくかき乱される。

「急にすまない。でも、とにかく、私という選択肢もあると、知っておいてほしい。――じゃあ、また」

ぽつんと固まる私を置いて、アロンを乗せた植物馬は駆けていく。

どうやってログハウスに戻ったか、よく覚えてない。だけど、目の前にはみんながいるから、ここが家の中だってことは確実で……。

ハティと目が合った。

言葉が喉につかえる。何か言うべきだと思った。でも、何を？

ドタバタと、誰かが階段を駆け下りてくる音が割り込んできた。ビビとセオだ。

「「すみませんでしたーっ！！！」」

私の前に素早く滑り込み、２人して鮮やかな土下座を披露する。

「昨夜は調子に乗って飲みすぎてしまった。本当にすまない。我々はこの家の厄介者で、そのようなことが許される身ではないのに！　……あれ、どうした、ララ？　顔が真っ赤だぞ？」

さっと自分の顔に手を当てる。すごく熱い。

泣きそうになった。

これから、どうすればいいんだろう。

よくも悪くも、きっと関係は変わってしまう。

第3章　すれ違いと、通じる想い

ドームに覆われた安全な草原で、剣術の授業が始まろうとしている。

「さて、ウィルくん。敵と剣を交えるうえで大事なことは何だと思います？」

セオの問いに、ウィルは「うーん」と考える。

「たたかうりゆう？」

「うん、戦う理由は必要だな。無闇やたらに剣を振るうやつは、自分の力を知らしめたいだけの悪党って評価を受けちまう。オレたち騎士が振るう剣は、名誉の剣だ。正義の剣だ」

しかーし！

セオの説明に、ビビが割り込む。

「正当性ばかり気にしていては死んでしまう。いいか、敵と剣を交えるうえで一番大事なのは、死なないことだ。名誉や正義なんてクソ喰らえ！　どんな卑怯な手を使ってでも生き延びろ！」

「……ビビ様」

「……と、セオが言っておりました」

「間違ってはないっすね。さすがオレの教え子」

「ふっ、当然だ」

「ま、そういうことで。まずは基本を教えます。ビビ様、お願いします」

「承知！」

次の瞬間、白銀の刃とポニーテールが、風を切る。

『基本の剣術型』を披露するビビの表情は勇ましく、一挙手一投足が気品に満ちていた。あれが、皇女が振るう騎士の剣。スキル『剣術レベル６』。

かっこいいなぁ。

私もあれだけ正確に剣を振れたら気持ちいいだろうなと思う。

でも、私は剣に触れさせてもらえない。

これみよがしに立てられた〝ここより侵入禁止〟の柵。舌打ちしたい気持ちになる。

私もウィルと一緒に剣術を習いたいと思った。私も強くなれば、ウィルや大切な人たちを守れる。ビビの荷物の中から借りたズボンをはいて（丈が長いからいくつか折り曲げてる）、張り切って庭へ来たものの……。

お、重い……。

なんと、剣が持ち上がらなかった。水やりで毎日鍛えてるはずなのに！

「ララに剣は必要ない」

ぶっきらぼうに言い捨てて、ハティは私を柵のこっち側に追いやった。

アロンの告白があって——正確に言えば、私の真っ赤な顔を見た時から——ハティはずっと機嫌が悪い。告白されたの、聞いてたんだろうな。ハティは耳がいいから。

——どこかで時間を作って話さなきゃ。気が重いけど。

「あつぅーい。やだわぁ、日焼けしちゃう」

イヴは私の監視要員として、隣にいる。ハティに言われて、私が柵の向こうに行かないように、見張ってるんだ。

イヴが何やら呪文を唱えると、真っ白な日傘が2本現れた。それはイヴが『眷属のカイコ』とやらに作らせたシルク製で……姫系のフリフリ。絶対持ち歩きたくないやつ。

1本を私に手渡してくる。

「私はいい」

「ダメよぉ、受け取って。日焼けは美容の大敵よ。女は常に美しく、ベストな自分である努力をすべきだわ」

「美しくあるより、私は強くありたい。そりゃ、美しさと強さを同時に兼ね備えられたらもっといいけどさ。ビビみたいに」

きゃー！　ビビ、ステキ！　こっち向いてー！

黄色い声援を送ると、ビビがよろめいた。照れたように手を振ってくれる。剣を握るビビは、自信に満ちていて、かっこいい。守られるだけじゃなく、守る女。意気込みだけじゃなくて、ちゃんとその力があるんだと知ったら、無性に羨ましくなった。対する私は、守られるばっかりで、剣を持ち上げることすらできないポンコツ。落ち込む。

私があまりに悲しそうにしてるから、見かねたイヴが「仕方ないわね」と一肌脱いでくれることになった。

「いらっしゃい。か弱い女には、か弱い女なりの戦い方があるのよ。それを教えてあげる」

イヴに手を引かれ、私はログハウスの裏に連れて行かれた。振り向いたイヴは、緑の長いツタを握ってる。いつの間に出したんだろう。強度を確かめるように数度引っ張り、地面に打ちつける。

バシィイン！

すごい音が鳴った。悩みを抱えてぼんやりした脳みそが、一瞬でしゃんとする。

「ムチよ。『植物創造』を使えば、ララちゃんにも出せるわ」

「ムチ⁉」

こわごわツタに触れる私を、イヴは強気に笑った。

「何を驚いているの。これは『ツタアケム』で作ったムチよ。ララちゃんも前に、これで暴漢を撃退しているじゃない」

思い出した。アロンと2人で出かけたミナヅキ王国の街でナンパ野郎を、『創造』した植物で絡め取って失神させたんだった。思い返してみても、あれはしびれる。ナイス機転だった。

『『創造』した植物を、自分の狙い通りに動かすのは難しいわ。植物には動物のような思考力がないから、うまく命令が伝わらないのよ。でもムチなら、思いのままに動かせる」

イヴがムチを振るう。バシィィン。

さっきより大きな音がして、地面が裂けた。

あ然とする。でも、興奮した。

「私にも、できるかな」

「できるわよ」

自信がむくむく湧き上がる。

イヴの指示のもと、『創造』に取りかかった。『ツタアケム』を限りなく強化して、ムチにする。植物だから軽いし、自在に形を変えられるけれど、強度は鋼鉄並み。

「ムチはね、正しく振るえば、少しの力で最高の威力を引き出せるの。か弱い女の味方よ。何より重要なのは、ムチが描くこの曲線。しなやかで、女性的。とても美しいわ」

完成したムチを眺めて、イヴはうっとりしてる。

イメージ通りに、どんな植物でも作り出せるスキル『植物創造』。

あっ、と思いつくことがあった。ムチはもっと、強化できる。

「ねえ、イヴ。こんなのはどうかな――」


そこから、『ツタアケム』の品種改良会議が始まった。打ちのめしたい相手の顔（コーネットの悪党たち）を思い浮かべて、えげつない『機能』をたくさん付け足していく。

「こんなのはどう？　ムチを振るうと細かい針がたくさん飛んでくの。その名も〝針千本〟」

「いいわね！　針には『フッカソウ』の神経毒を塗りましょう。２日間、昏睡状態に陥るわ。……あ！　『マグマソウ』から出る高熱のマグマを利用するのはどうかしら？」

「それ、火傷しちゃわない？　傷が残ったらさすがに可哀想……」

「そんなの、あとから治癒してあげればいいのよ。適度に適当に」

「それもそうだね！」

「「うふふ、うふふ……」」

途中、飲み物を渡しに来たビビは、私たちの会議の様子に恐れをなして、逃げ帰ったという。

こうしてでき上がったムチは、時間停止機能つきの『収納』へ。

植物だから、使ってるうちに枯れてしまう。予備を作りながら、今後もさらに改良を重ねていくつもりだ。ムチの振り方も、イヴにしっかり習わないと。


ズドーン！

木がなぎ倒され、鳥が慌てて飛び立っていく。これで4本目。おそるおそるイヴを振り返ると、深いため息をつかれた。

「子どもたちの駆逐に手を貸してるようで、植物の神としては頭が痛いわ」

「えへへ……頑張る」

ズドーン‼

「ハァ……道のりは遠いわね」

剣術教室が休憩に入ったのを知って、私はハティを探した。このまま気まずい状態は、やだ。
とにかくちゃんと、話をしなきゃ。――といっても、心の中はぐちゃぐちゃだし、何をどんな

ふうに話せばいいか、分かんないけど。そこは、行き当たりばったりで頑張る！

不穏な声が聞こえたのは、ちょうどログハウスの裏に回った時だった。

「俺は近く、ここを去る」

ハティが、イヴに話していた。

一瞬で頭が真っ白になった。

「どういうこと」

ひりついた喉で、しぼり出す。

ハッとして、2人が私を見た。

「ララちゃん……」

ハティのあの宣言は、どうやら聞き間違いじゃないらしい。だって、イヴがすっごく痛ましそうに私を見てる。

近くまで走っていって、私はハティを問い詰めた。

「ハティ、いなくなるつもりなの？　なんで？」

灰色の瞳は空虚だった。神様が作るポーカーフェイスは、少しのほころびもなく完璧だ。怖いくらいに。

ハティは私に背を向けた。

「もう、ここには飽きたのだ。故に去る。お前は、別の男と幸せになるがいい」

その声は、冷たく私の心臓を貫いた。親しんだ甘さは、一切ない。それで冗談じゃないのだと、いやでも思い知らされた。

——ハティは本気で出ていくつもりなんだ——

それで理由は、飽きたから？　この家が、私のことが？

つま先から震えが走って、全身がわななないた。お昼が急に真夜中に変わったみたいだった。

私を好きだって言ったのに。ずっと一緒にいるって約束したのに。

こんなの、ひどすぎる。

涙が嗚咽と共にこみ上げ、感情が爆発した。

「嘘つき！　ずっと一緒にいるって言ったのに！」

ハティの背中を強く叩いてから、私は走り出した。向かう先にあるのはログハウスなのか、森なのか、確かめもせずに。

ハティは追いかけてこなかった。

閉じこもりたい、と思った。ひとりきりで、誰もいない空間に。

ふと気づいた時、私を取り囲んでいたのはもの言わぬ木々で。どうやら私は森の中を突っ走ってきたらしい。

——ここ、どの辺だろう。

振り返ってもログハウスは見えない。

スキル『体力∞』を持つ私は、疲れて立ち止まることがない。たぶん、かなり遠くまで来てしまってる。

まだ夕方には早い時間だけど、森の中は薄暗く、私の不安を煽った。

レベルアップのお知らせがあったのは、そんな時。

《レベルアップ！『収納』レベルが5になりました。『亜空間NO・2』を開放します。生命体が収納可能となりました》

真っ白な空間で、私は一角うさぎを抱えたまま横になった。

ここは、今回のレベルアップで増えたもうひとつの『収納』空間、『亜空間NO・2』。なんと、生命体が収納できる。これまでの『収納』にはなかった機能だ。しかも、こうして人間まで入れる。呼吸もできるし、声も出せる。体への悪影響もなさそう。

近くにいた一角うさぎで安全性を検証して、そのあと私が『創造』したりんごをあげるとなぜか仲よくなれたので、一緒に『亜空間NO・2』に入った。

ひとりになりたかった私に、スキルは最高の隠れ家を用意してくれた。安全で、快適。

さんざん泣いて、心も体も疲れ切っていた私は、いつの間にか眠っていた。一角うさぎはついさっきまで野生だったせいで獣臭がきついけど、温かくて、手放せなかった。体温がハティに似てる。愛着がわいて、珍しいアメジスト色の瞳にちなんで『アメちゃん』と名前をつけた。

『亜空間NO・2』は、中にいても外の声が聞こえる仕組みらしい。

知らなかった私は、間近で聞こえるハティの呼び声にひどく驚かされた。

「ララ！」

「!?」

飛び上がり、一瞬停止。ぼんやりした寝起きの頭で『ここどこだっけ？』と考える。

あ、そっか。ここは『収納』の中で、私は迷子で、いつの間にか寝てて……

「ララ！」

「は、はい……！」

焦った声音に急かされるように、私は一角うさぎを抱えたまま『亜空間NO・2』を飛び出した。

「あ……」

険しい瞳が私を見つけ、失敗を悟る。

感動的な再会、とはいかなかった。

「何をしていた！　3時間も消えていたんだぞ！」

すごい剣幕。

「ご、ごめんなさい……」

「はぁ……。もう、いい。帰るぞ。みな心配している」

私の歩幅なんか気にせず前を歩くハティ。悲しい気持ちが、むくむく復活する。

『俺は、去りたいから、去るだけだ。もうここには飽きたのだ。お前は、別の男と幸せになるがいい』

――ハティは、私を嫌いになっちゃったのかな。

そんなの嫌だ。私――、私は――。

ハッとする。

モヤのかかっていた視界が、ぱっとクリアになる。

私、気づいちゃった。自分の気持ち。

「何をしている」

私が背中に抱きつくと、ハティは動揺した。

それで分かった。ハティだって、私を嫌いになったわけじゃない。

だったら、なんで突き放すのか。

「私、ハティが好き！　だから、ここにいて！」

勇気を振り絞った告白。なのに、ハティは拒絶する。

「ララはあの薬師が好きなのだろう。俺を引き留めようと、嘘をつくな！」

「嘘じゃないもん！　本当だもん！」

「自分の心に従い、あいつを選べ。そうすれば、俺は去る。未練がましく、ララにつきまとったりしないと約束する」

糠に釘。言葉はハティに届かない。

どうすれば伝わるの？

私が好きなのは、ハティだって言ってるのに！

追い詰められた私は——

ハティの胸ぐらをつかみ、引き寄せ、そして、キスをした。

「……えっ、えっ？」

混乱してるハティの胸ぐらをつかんで、もう一度引き寄せる。ポーカーフェイスじゃない、びっくり見開かれたハティの瞳。そこに真っ赤な顔をした私が映ってる。そうそう、こうでなくっちゃ。水晶みたいに綺麗なハティの瞳は、いつでも私を映してないと。

——うう、火が出るくらい、顔が熱い。

「いい、よく聞いて。私が好きなのは、ハティ。こういうことするのも、ハティにだけ。分かった？」

ひゅっと音を立てて、ハティが息を飲んだ。灰色の瞳が輝き出す。

「やっと通じた」

よかった、伝わった。安心したのもつかの間、

「分かった。今すぐ結婚しよう」

なぜか私はハティの肩にかつがれ、どこかへ連行されるのだった。えええっ!?

そして連れてこられた見知らぬ廃城。

え……ここ『中立の森』の中だよね？

こんな深い森の中に、明らかに人の手で作られたお城が……どゆこと？　だけど、誰かが住んでる気配はゼロ。幽霊は住んでそうだけど。ところどころ崩れた壁とか、吹きさらしの窓と

か、それっぽい。打ち捨てられてから数百年経ってるって聞いても驚かない感じ。

「ねぇ、ここどこ？」

ハティは私を抱えたまま迷いのない足取りで、ずんずん奥の間に入っていく。どこもかしこも荒れ放題。黒くすすけていて、隅に枯れ葉が溜まってる。寂しいところだと思った。

と、ハティが何かやわらかいものの上に私を下ろした。見ると、これまためちゃくちゃ古そうなベッドの上で……ん？　ベッドの上？

「ララ……」

ヒッ！

とろんとした顔が私の肩口に埋められたかと思うと、首筋をぺろりと舐められる。

「う、え、あの？」

いくら私が恋愛初心者でも、本能で分かる。

この流れは、ダメなやつ！　18禁の、大人の領域。

「ちょ、ちょっとま、待って！」

「待たない」

暴れて振り上げた手は、枕の上にあっさり拘束されてしまう。さっきまで拒絶されてて、やっと想いが通じたと思ったら、突然ゼロ距離接近？　怒濤の展開に脳みそはショート寸前だよ！

どろりと濃い灰色の瞳が私を見下ろした。白銀の長髪が肩口から流れ落ちる。

「もう、待てない」

ぽつ、と水気が頬に落ちてきて、雨漏り？　と思ったけど違った。ぽつ、ぽつ、落ちてくる雫を辿れば、ハティの瞳に行き着く。

え、うそ、ハティってば……

「泣いてるの……？」

いつも自信たっぷりなハティ。強気で、時々強引で。そんなハティが、これでもかってくらい弱々しく泣いている。びっくり。っていうか、かなりキた。たまらなく、愛しいと思ってしまった。

「ララは、薬師の告白に動揺していた。ああ、そういうことなのだと、俺は、諦めようと思ったのだ。しかし、無理だ。どうしようもなく、愛しているのだ。離れられない」

ぎゅう、とハティは私を抱きしめた。熱い涙が、次々と鎖骨に落ちてくる。

その瞬間、ハティがどれだけ我慢してたのか分かった。愛しているから手放す。で、出した結論が「出ていく」だったんだ。嫌だけど、精一杯強がって。冷たい態度は、そうしないと本音が溢れ出してしまうから。泣いちゃうから。飽きた、なんて言われてショックだったけど、許してあげる。私の気持ちを一番に考えて行動しようとした優しいハティに免じて。まあ、ハティが考えた〝私の気持ち〟は勘違いだったわけだけど。

胸がきゅうっとなって、自然と言葉が出た。

「ハティ、大好き」

ぶるっとハティの全身が震えた。頭の上に、犬耳がピコンと出現する。それから、高速に振られるしっぽまで！　これは、幻覚じゃない。触ると、ちゃんともふもふの感触があるもの。

う、うわぁ！

私はぷるぷる震えた。

人の姿なのに、犬耳としっぽ。こんなの、凶悪なほど、

「かわいすぎる……！」

わしゃわしゃ、わしゃわしゃ、ハティの頭を撫でる。赤面するハティはされるがままで、得意になる。だけど、私の天下は短いもので。次の瞬間、キラリと瞳を光らせたハティに、また押し倒されてしまった。

「ララは俺を選んだ。俺がララの恋人だ。つまり、結婚！」

「え」

どうやらハティの中では、『結婚＝肉体関係を結ぶこと』という方程式が成り立っているらしい。気づくのが遅すぎたし、ベッドの上で、私はあまりに無防備だった。力まかせにシャツ

の胸元を引き裂かれ、ぎょっとする。

「きゃーっ！　ちょっと待ってハティ！」

ダメだ、聞こえてない。完全に、目がいっちゃってる。


付き合ってその日に初夜とか、さすがに勘弁して。キスだけで参ってるのに……うわ、私からしたんだっけ？　初めて、唇に……思い出しちゃった。唇、ふにってしてた。ギャーー！

これ以上はキャパオーバーで死んじゃうよ！

「待ってって言ってるでしょ！」

パチン！

私はハティの頬を叩き、そして、禁断の一言を放ってしまう。

「ハティ、おすわり!!」

「きゃん！」

ハティは犬っぽいとはいえ狼だし、それに家族なのに、「おすわり」なんてペット扱いするのは失礼だ。分かってるのに、つい、ぽろっと……ごめん。

けど、この威力……！

ハティはベッドの上におすわりして、きょとんと首を傾げてる。唇から小さくのぞいた牙が、すごく犬っぽい。これは……

「ハティ、お手」

後ろめたさを感じながらも、欲望には逆らえない。

おずおずと手を差し出すと、軽く丸めた拳が手のひらに乗った。

「？？？」

ハティの頭の上に浮かぶ、たくさんのクエスチョンマーク。

ぞくぞく、背中が震える。

「ふぉぉぉぉ！」


「なにこれ、どういう仕組み⁉」

私が興奮して聞くと「分からない」とハティはひたすら困惑した。性的な欲求も、混乱にかき消されたみたい。考えた末、ハティは一応の結論を導いた。

「フェンリルのつがいに与えられた、特権的な能力だろうか？　俺とララが正式なつがいとなったことで条件が満たされ、発動した？　つがいの命令能力か……。いや、しかし、こんな能力聞いたこともない……」

最高！

〝命令〟を駆使した友好的な話し合いの末、私はハティとの間でひとつの約束を取り決めることに成功した。

『結婚式を挙げるまで、1年だけ待って』

ハティが思う結婚式なので、つまり、肉体関係を結ぶまでってことだけど、身体の成熟具合からすれば、今すぐしたって問題ない。問題は、気持ち的な面。

心の準備、まったくできてないよ！

これから1年かけて、ゆっくり準備していくことになる。

1年も待つ自信がない、とハティは予防線を張るように言った。

「もしも俺が暴走したら、『命令』で止めてくれ。ララの声には、どうやら俺を縛る力があるらしいからな」

「分かった。――なるべく『おすわり』以外の言葉を選ぶね」

ハティはにやりと笑い、私の額に唇を押しつけた。

「これくらいなら許されるだろう？　恋人なのだから」

恋人ってすごい。

刺激が強すぎる。

「君がハティ様を好きだってことは、ちゃんと知ってたよ」

私の「ごめんなさい」に、アロンはそう答えた。

「じゃあ、どうして」

「ふられると分かってるのに、君に告白したのかって？」

はっきり言われ、たじろぐ。

「それでも君が好きだからだよ。私の気持ちを、分かっていてほしかったんだ。――いや、これは建前で、我慢できなくなって思わず言ってしまった、というのが正しいか」

どうして私、アロンの気持ちに応えてあげられないんだろう。それがとても悲しかった。アロンが好き。だけど、その好きはハティに対する気持ちとは違う。それでも。

これまで通り仲よくしたいって思う私は、ずるい。

アロンは微笑んだ。

「少しでも私を哀れに思うなら、ひとつだけ約束してほしい」

「なに？　なんでも約束する」

「これまで通りに接してくれ。気まずくなるのは嫌なんだ」

言葉に詰まった。

いいのかな――？

こんなに、私にだけ都合がよくて。

「分かった。これまで通り、ね」

アロンが私の手を取る。甘い雰囲気のない、握手。

くくっとアロンが笑いだした。

「さっきの、内容も聞かずに『約束する』なんて言っちゃダメでしょ。ほんとに警戒心が薄いな、君は。そんなんじゃ、私みたいなずる賢いやつに騙されるよ」

「だから、騙されないようにアロンが側で見張っててくれなくちゃ」

「そうだね」

私たちは、いつもみたいに笑い合った。


嵐は過ぎ去ったばかり。しかしまた、特大の嵐が近づこうとしていた。

追手の、最初のひとりが私たちの『安寧の地』に到達したのは、その夜のことだった。

第4章　追手に対抗するためには

《ミカエル・ドーソンが境界線越えの許可を求めています。許可しますか？》

頭の中で声が響いて、私の心臓が飛び跳ねた。お皿が、ガシャンとシンクに落ちる。音に反応したみんな——寝ているウィル以外のみんな——が、一斉に殺気立った。

まず考えたのは、またビビたちみたいな迷子の冒険者がやってきたのかな？　ってこと。

——より高価な魔石を求めての、無謀な挑戦。

カーテンを少し開けてドームの向こうを睨む。あたりは真っ暗で、人影は目視できなかった。

ハティが後ろから私の腰を抱き、窓の向こうに険しい視線を投げる。狼の目は、不審者の姿を正確にとらえたようだ。

「ひとり、いる。冒険者風ではないな。タキシードを着ている」

「タキシード？」

「ちょっとそこの駄犬」ソファからイヴが噛みつく。

「こんなに近づかれるまで追手の存在に気がつかないなんて、どういうことかしらぁ？　護衛対象にうつつを抜かして腑抜けてたんじゃないの」

「敵対心を感じられなかった。気づくのが遅くなったのは、そのせいだ」

「追手か？」

ビビとセオの経過観察をしていたアロンが、薬の調合を中断して隣に並んだ。

「なに!?　追手か！　私が行こう。やっつけてやる！」

剣を握って勇み立つビビを、セオがやんわり止める。

「ここは慎重にいくべきですよ、ビビ様。まだ誰の追手かも分からんでしょ。ララ、『鑑定』は使えます？」

「ううん、ダメ。姿が見えないから。あ、でも、名前なら『安寧の地』が教えてくれた。ミカエル・ドーソン」

「まさか」

驚きの声を上げたアロンに、みんなが注目した。

「アロンの知り合い？」

「うちの……執事だ」

追手は60歳手前くらいのナイスミドル。タキシードはボロボロで、ワックスで整えられたブロンドもあちこちはねまくり。だけど、お上品な雰囲気は健在。ちょんと上を向いた口ひげが、なるほど執事っぽい。

ミカエル・ドーソンは、アロンの追手だった。

ランタンを持ってドームの外へ出たセオが、あっさり確保。そのまま地面に跪かせ、オハナシ合いとなる。

仁王立ちのセオとアロンが、追手に向き合う。私はその様子を、ドームの内側の物陰（ハティの背中）からひっそりとうかがう。

ウィルはオネムなので、イヴとビビに見てもらってる。不安な思いをさせたくないから、眠ってくれててよかった。

「どうやってここまで辿り着いた」

アロンが聞くと、ミカエルはふっと笑って答えた。

「坊ちゃまなら、とうに察しがついているのでは？」

「タリス王国の魔道具を使ったな」

「ご名答でございます、坊ちゃま」

「坊ちゃま呼びはやめてくれ。私はもういい大人だ」

「おや。わたくしにとってあなた様は、お家を出られた15歳の少年のまま。時が止まっておりますゆえ」

初耳だった。アロンって、15歳で家を出たんだ。

お坊ちゃん育ちからいきなり市井に出て、苦労もたくさんしたと思う。でも、22歳まで7年間も自力で生きてきた。そこで培った自信が、声に力を与えている。

「なんと言われようが、私は戻らない。諦めてノヴァへ帰れ。もう私を探すな。みなにも伝えろ」

その通り！

アロンは帰りません。返しません。

と、アロンはミカエルの怪我を手当てし始めた。ほっとけばいいのにと思うけど、アロンって、実は優しいから……。練った薬草の匂いが、ここまでぷんと香る。包帯を巻いてもらいながら、ミカエルはやれやれと首を振った。

「まだ薬師の真似事などされているのですか。人に奉仕する仕事など、貴族にふさわしくない。こんなくだらない薬草遊びは早くおやめください」

薬草遊び！

カチンと来た。

アロンは本気で薬師をやってんだ！　熱心に研究する姿を、私はずっと見てきた。アロンの手当を受けながら、その鮮やかな手さばきを見ながら、どうしてそんなひどいことが言えるんだろう。

　バカにしないで！

「むぐっ」

　気づくと、私はハティに捕まっていた。あまりの怒りに、ふらふら～っと前に出てしまっていたらしい。口を押さえられ、抗議する。

「むぐぐーっ！」

「静かにしろ。姿を見られてしまう。――それとも、キスでふさぐほうがいいか？」

　すん。私は1秒で黙った。

　こんな時なのに、顔が熱くなる。ハティってばもう……冗談だよね？

　と、一瞬気を取られているうちに、ミカエルの話が急展開した。

「お父上がお亡くなりになりました」

　ミカエルがここへ来た事情が語られる。


　アロンの父、現ノヴァ侯爵は、ずっと病を患っていた。病床のノヴァ侯爵に代わり、政務を執っていたのはアロンの弟ジャックだったが、ジャックは父に似て無能（あるじを無能呼びしちゃったよ、この執事）。父の代で作った負債を一発逆転取り戻そうと、怪しい商人に騙され一発アウト。さらに借金を増やし、おかげで町の整備、治安維持に割く予算がパア。領民の不満が溜まりに溜まり、ノヴァ侯爵の死をきっかけに一揆が発生。弟ジャックはしっぽを巻いてタリス王国に逃走した。今は行きずりの女の家に転がり込み、楽しくやってるらしい。

「つまり、現時点で正当な跡取りはアーソロン様、あなたしかいないのです。平民として暮らし、平民の気持ちが分かるあなた様ならば、領内の人々からの支持も厚く得られましょう」

ミカエルは、新しいノヴァ侯爵を迎えに来たのだ。

ランタンに照らされたアロンの頬が、真っ青に硬直していた。震える声が言う。

「お前、放っておいたな？」

「……」

「怪しい商人？　財政難？　お前が側にいて対処できないはずがない。そこまでして――」

「そこまでしてでも、あなた様にノヴァを継いでいただきたい」

「なんの権利があって……！　クソッ、お前のつまらない計画のせいで、どれだけの領民が苦しんだ！」

「まず第一に領民を心配する。そんなあなた様だからこそ、お味方するに値する。アーソロン様、いいえ、ノヴァ侯爵様、わたくしと共にミナヅキ王国へ帰りましょう。ね？」

うっとりアロンを見上げるミカエル。ぶるっとアロンの背中が震えた。圧倒的に、話が通じない。それが恐ろしい。

ところで、ミカエルはタリス王国の『魔道具』を使ってこの森を抜けてきたのだった。ビビが言っていた。魔物の『魔石』から生み出される、魔法と同等の、ともすればそれ以上の威力が出せる武器。

ミカエルは平民出身で、魔法は使えない。スキルもない。けれど、魔道具さえあれば……

「ララ！」

セオが叫ぶのと、ハティが私を胸に隠すのは同時だった。

飛んできた炎の塊が、爆音と共に弾けた。ドームの見えない壁に激突したのだ。私はドームの内側にいた。でなければ危なかった。緊張に痛む胸を押さえて顔を上げ、私は息をのんだ。

「うそでしょ……」

ドームの壁に残った赤い燃えカス。その炎が照らす壁の表面に、うっすらと亀裂が入っている。完全無敵なはずの、ドームの壁に。

「やはりダメですか……」

「ミカエル！　どういうつもりだ！」

アロンがミカエルの胸ぐらをつかむ。背中で手を縛られているミカエルが、不安定に上半身を引っ張り上げられる。所持していた魔道具は、セオがすべて取り上げたはずだった。けれどミカエルは口の中に魔道具（爆弾）を仕込んでいて、それをスイカの種を飛ばすみたいに私に向けて放ったのだった。口の中に仕込めるくらいの小さな魔石で、この威力。

ミカエルはとっくに、暗がりに潜む私の存在に気づいていた。

「彼女があなたの気持ちをここへ縛りつけているのですか」

ほしい情報は得られたと言わんばかりのミカエルに、アロンがハッとする。

「彼女は関係ない」

押し殺した声でアロンは否定するが、ミカエルはもう、この議論に興味をなくしている。思考は次の段階へと進んでいた。つまり、議論の相手を私に変えたってわけ。

「あなたは誰ですかな、かわいらしいお嬢さん」

「グルルル」

ハティが私を背にかばい、威嚇する。ミカエルはそれにも全く動じない。人間版ハティじゃ、迫力なかったかな？　ならもう少し激し目に脅そうか。

私は『収納』からムチを取り出して、一発振り抜いた。ちょっと緊張。なんたって、生物に向けてムチを放つのはこれが初めてだ。もちろん、ちゃんと練習はしてたけど、成功率は60％ってところ。

……だ、大丈夫だよ。足がなくなっても、すぐ治癒してあげるからね。

バチィィン‼

ムチはミカエルの肩口すれすれを通り、地面に亀裂を作った。うむ、成功である。飛び跳ねて喜びたいところだけど、ここは気を引き締めて、こわーい女の子を演じる。めちゃくちゃに脅して、心をへし折るのだ！　もう二度とアロンを連れ戻そうなんて気が起こらないように。

いざ！

「ありょんは……っ」

……やだ、噛んだ。

は、恥ずかしい‼

ハティの視線が生温かい。回れ右してハティの背中に隠れたい。しかし人には戦わねばならない時があるのだ。今がその時。

ぐっと足を踏ん張って、鼻をすすって、ミカエルを睨む。

「アロンは帰らないって言ってるでしょ。分かったらすぐにここを去りなさい。でなければ殺すわ。ムチの威力を見たでしょ。次は地面じゃなくて、あなたの体を真っ二つにするから」

声震えてない？　大丈夫？　うん、ハティが頷いてくれたから大丈夫そう。

私はしぶるセオに指示して、ミカエルに魔道具を返してやった。あれなしで森へ送り出すのは、殺すのと一緒。ミカエルの名を呼んだアロンの声に滲み出た愛情が、私に彼を生きて返すべきだと判断させた。

いつもなら、「身ぐるみ剥いで森に捨てろ」くらい言いそうなアロンも、魔道具を受け取るミカエルを黙って見ていた。

「よいのですか？」

ミカエルは挑発的に私に聞く。

生きて帰してよいのですか？　私はまたアーソロン様を取り戻しにここへ舞い戻りますよ。今度は軍隊も連れて。あなたの正体もきっと突き止めます。私はあなたの最大の敵となるでしょう。

あえて言わなかった言葉はこんなところだろう。

「舞い戻れば、次こそ殺す」

地面をムチ打つと同時に、ハティが巨大な狼の姿に変身した。ミカエルの眼前に降り立ち、激しい咆哮を上げる。さすがのミカエルも、これには腰を抜かしていた。私はそんなミカエルを冷たく見下ろして言った。

「消えて」

『魔道具』という新たな脅威に、心は激しく動揺していた。あの爆発の威力。ミカエルは証明した。魔道具を使えば、ただの人間であろうと、魔物の森を生きて突破できる——。魔道具がコーネットの追手にも渡る可能性を考えると、怖気が走った。

「すまない……」

今回のことで、アロンはかなりショックを受けている。各地に放った協力者から、ミカエルの情報はまったく入らなかった。もしかしたら、彼らはミカエルに寝返っているのかも。尾行にも、まったく気づけなかった。「あいつらは私を絶対に捕まえられない」と追手の無能さをバカにしてたアロンだけど、その自信は完全に砕け散った。

「私がここにいれば、ララやビビたちにまで迷惑がかかってしまう。もう、ここへは来ないよ。ミカエルが再びやって来ないように、私は国へ帰って——」

「ダメー!!」

落ち込むアロンの両頬を、ぱしっと挟む。

うじうじ、うじうじ。黙れってんですよ！

「帰りたくないんでしょ！　だったら帰らなくていい！」

「しかし……」

「私がコーネットに帰りたくないって言った時、アロンは『それなら協力する』って言ってくれた！　追手に偽の情報を流してくれたり、安全な街を教えてくれたり。おかげで私、今まで捕まらずにいられたよ。今度は私が『協力』するの。アロンは私が守る。アカツキの街にあるアロンの拠点はバレてるだろうから、あそこに戻るのは危険でしょ。このまま、うちにいればいいよ」

「ララ……」

「なんて言われても譲らないからね！　それでも捕まりに行くって言うなら、椅子に縛りつけてこの家に監禁してやる！」

「監禁って」

うん、監禁はちょっと大げさだった。訂正、軟禁します。３食しっかりごはんつき、寝床もフカフカの用意します！　ホテル級のおもてなしをお約束！　当ホテルは源泉かけ流しのヒノキ風呂が自慢でして……

ふはっとアロンが笑った。眉間に刻まれたシワが消え、あははと声を上げて笑い出す。

私、なんか笑えること言ったっけ。

そうしてさんざん笑ったアロンはため息をつくように言った。

「――はぁ。敵わないな。だから君が好きだよ、ララ」

これは完全に不意打ちだった。だって今は緊急事態で、恋とか愛とか持ち込む場面じゃないはずで……

ていうかこれ、話題に出していいことだったの？

「すき？」

「え、すき？」

私の真っ赤になった顔を見て、ビビとセオがざわつきだす。そこへ、大したことじゃないとでも言うように、アロンが言ってのける。

「この前、ララに告白したんだ。即刻ふられちゃったけど、私は諦めていない」

「「えええええ！！！」」

ビビとセオが絶叫した。

「だって、ララはハティ様の恋人だぞ！　神様から女を奪うつもりかお前、すげぇ度胸だな！」

ビビにバシバシ背中を叩かれ、「痛い」とアロンが苦笑する。

いっぽう、すかさず私を拘束するハティ。

「さっさと諦めろ。お前に勝ち目はない」

「しかし、婚礼を挙げるまで1年の猶予(ゆうよ)があるんでしょう？　勝負はまだついていない」

……や、やめてぇ。睨み合わないでぇ……

こんなことになるまでは、2人の男に取り合われるとかステキ☆　なんて夢見てたけど、これ、実際に目の前で繰り広げられると結構きつい。面倒くさいし、なにより恥ずかしい。

「そ、そういえば、アロンは植物馬に乗ってここへ来てたでしょ。ミカエルが馬で追跡したとしても絶対追いつけないよね。たぶん、一度見失ったんだろうけど、そのあとどうやってこの場所まで辿り着いたんだろう」

ビビも疑問に思っていたようで、私に同意する。

「偶然っていうのも、納得できないよな。……まさか、そういう『魔道具』があるのでは？　対象の位置を正確に知り、追うことができるような」

対象の位置を正確に知り、追うことができるような魔道具――？

私はハッと思いついて、アロンの荷物をひっくり返した。細かな道具をかき分けて、怪しい物体を探す。……ない。

立ち上がり、今度はアロンが着ている服をまさぐる。

「ちょ、ララ⁉　ひっ、どこ触って――」

「じっとして」

アロンの上着の右ポケットに、硬い感触。引っ張り出すと、それは直径3㎝ほどの紫の石だった。金の装飾が施され、中央がピカピカと点滅している。

「ねぇアロン、これに見覚えある？」

「――いや、ないけど。なにそれ」

……うそ、本当に見つけちゃった。こんなものが、この世界にもあるなんて。前世の世界にもあった『追跡装置』。衛星カメラで対象の位置を把握する、文明の利器。

ミカエルは、たぶん街とかで、すれ違いざまにこれをアロンのポケットへ忍ばせたんだ。

「たぶん、この石がその『魔道具』だと思う。石が発する信号を辿って、ミカエルはここへ来たんだよ。私、似たような道具を知ってる」

「仕組みはよく分からないが、石がここにあっては危険ということだな？　また信号とやらを辿って、追手が来てしまう」

ビビが剣を引き抜き石に近づこうとするのを「待って」とアロンが止めた。

「それは壊さないほうがいい。別の場所へ捨てて、追手をそちらに向かわせるんだ。……時間稼ぎくらいにはなってくれる。ハティ様、お願いできますか」

「ああ」

姿を狼に変えたハティは石をくわえ、風のように森へ消えた。……かと思えばもう帰還。即座に人間の姿に変身し、席につく。

……あの、ちゃっかり私を膝に乗せて、うなじの匂いかぐのやめてくれませんか。みんなが見てるよ！

「みなに伝えておかねばならないことがある」

あ、そのまま話しだしちゃうんだ。

「我々神は、人間の争いに介入できない。〝人間を傷つけるべからず〟という、創造神により決められたルールがあるのだ。神は生み出すのが仕事、奪ってはいけない、とな。もちろん命を、という意味だが、怪我が原因で死なれてもルール違反になる。よって、仮に人間たちが『魔道具』なる武器を持ってここへ迫ってきたとしても、俺とイヴは戦えない。申し訳ないが」

そう、『魔道具』！　その脅威に対抗するすべを考えなくちゃいけなかったんだけど……いきなり雲行きが怪しい。

「ま、私はそんなルール、いざとなれば無視してやるけれど」

「……イヴ」

「冗談よ」

ハティに睨まれたイヴが、調子よく肩をすくめる。

〝人間を傷つけるべからず〟――神様にそんなルールがあったなんて、知らなかった……。

上を向いたり、下を向いたり、みんなが目をそらした。

正直、神様の戦力をみんな期待してた。私を含め。だってそうでしょ？　万の獣を支配下におさめ、植物を自在に操る神々が味方についてるんだもん。負ける気がしないって、強気になっても仕方ない。

頼りすぎるのはよくない。自分たちのことは自分たちでなんとかすべきだ。そう思いながらも落胆が隠せない私たちに、ハティが力強く宣言した。

「だからお前たちを強くする。俺たちの力などあてにせずとも追手どもを蹴散らす、一騎当千の戦士に、俺が育て上げる」

「一騎当千って……マジすか？」

セオが目をぱちくりさせる。

「やったー！　今より強くなれるなら、なんでも大歓迎です！　ぜひよろしくお願いしまっす！」

ビビは早くもやる気満々。

「え……『お前たち』って、もしかして私も入ってます……？」

当たり前だ、と言われたアロンが頬を引きつらせ、私を振り向く。アロンは頭脳派。後方待機の司令官タイプだもんね。剣を振り回して千人の敵をなぎ倒す！　っていう姿はイメージできない。

思い返せば、鬼ごっこの時もすぐへばってたし、ちょっと心配かも。

そして、なんとなんと！

ハティは私のことも鍛えてくれるらしい。常に私を甘やかし、ぶくぶく太らせてきたハティだ。てっきり今回も、仲間はずれにされるって覚悟していたのに。

「いいの？　私、本気でムキムキの女戦士目指しちゃうよ？」

「ムキムキはやめてくれ……」

わくわくの私とは正反対に、ハティは苦い顔。でも、認めてくれた。

私のムチさばきを見て考えが変わったのかな。こっそり練習したかいがあった。ふひひ。

「ハティ、大好き。私、頑張る」

笑顔を向けると、がばっと抱きしめられた。

「苦しいよ」

「ララがかわいすぎるのが悪い」

「……憐れだな、アロン」

「……うるさいよ、ビビ」

っと、いつまでも甘々ムードではいられない。

『追跡装置』もだけど、タリス王国で製造が進む『魔道具』は危険だ。

ミカエルの小さな爆弾ひとつでさえ、ドームに亀裂を作った。もしも大人数で、しかも大量の爆弾を抱えて攻められたら、今度こそドームは崩壊するかも。

アロンの追手、ビビの追手、私の追手。

一度に襲ってくる敵は数百人？　対する私たちはたった数人。それこそひとりひとりが一騎当千級の力を持ってないと、一方的にやられて終わり。

そんなことさせない。

私たちの平穏な暮らしを邪魔するやつは誰であろうと悪・即・斬！　私、強くなる！　千人蹴散らす！

気分はさながら、最強を夢見る少年漫画の弱小主人公である。

「いや、やばいムチで地面割れるくらいだから、今のままでも十分つょ――」

「甘い、甘いよアロン！　そんなことじゃ大将軍になれないぞ！」

「は？　大将軍？」

ワクドキ☆筋肉ブートキャンプ、スタート！

その頃――

《――『ドーム』の損傷を確認。『修復』……クリア。『強化』……クリア。レベルアップ！　『安寧の地』レベルが7になりました。『カメレオン型光学迷彩機能』が追加されました。これより背景と同化します》

損傷したドームは、人知れず修復され、さらに強化されていたのだった。次に『魔道具』の攻撃を受けても、簡単には傷つかないだろう。そもそも、森の景色と同化したドームを、追手は見つけられるのだろうか――？

あのとき眠っていたウィルには、アロンの追手がやってきたことは知らせていない。ただ、薬草の研究に集中するためにアロンはしばらくうちに滞在することになったと伝えた。ウィルはもう、大喜び。大好きなお友だちとはいつでも一緒にいたいのだ。そんなわけでとつぜん始まったブートキャンプも、新たな剣術修行のひとつだと思ってる。『真実の目』である程度の事情を知られる覚悟はしたけど、気づいた様子はない。スキルも万能ってわけじゃないんだ。不安にさせたくなかったから、それでいい。

期間を1週間と設定されたハティ監修、ワクドキ☆筋肉ブートキャンプ1日目。

ひたすら走り込み。

「ハァ……ハァ……ぐ、おえっ」

「その足は飾りものか？　シャキッと走れ！　死にたいのか！」

「ひぃぃぃ！」

ハティがびりっけつを走るアロンを追い立てる。

ウィルはぶっちぎりの先頭を行く。ビビとセオは、額に汗を浮かべているけど、余裕だ。

私も、超がつくほど余裕。汗ひとつ流していない。――だって私、走るハティに抱っこされてて、自分の足使ってないからね。


2日目、3日目。ひたすら筋トレ。

腕立て伏せするアロンのお腹の下に、ハリネズミの魔物が3匹配置される。アロンはぷるぷる震える腕を必死に伸ばして、なんとか串刺しにならないように耐えている。

ウィルは指1本で体重を支えて超高速の腕立て伏せを披露。その光景に刺激されたビビとセオも負けじと変な体勢の腕立て伏せを見せつける。ロープや剣を使ったりと、もう曲芸のレベ

ルなんだけど、なにそれ⁉

私もある意味、曲芸披露中。スーパーマンみたいに手足をピンと伸ばして宙に浮いてるところ。脇に添えられたハティの手により、勝手に視線が上下する。

4日目、5日目。腕が千切れそうになるまでひたすら木刀を振らされる。

「みんなお待たせ～！　とびっきり丈夫なのを作ったわよ～！」

よっこいせ、と地面に降された木刀は、ズドンとちょっとありえない音を立てた。

イヴ作成の……えと、これ木刀というより、丸太では？

「ぐぬぬぬぬぬっ」

「剣先を一度でも地面につけてみろ。罰として庭10周だ」

真っ赤な顔で力むアロンに、ハティが容赦なく言い放つ。

「鬼め……」

ウィルとビビとセオは、何やら勝手に勝負を始めてる。誰が一番多くの木刀（丸太）を持って素振りができるか。と、その時。セオが振り抜いた木刀の1本が手をすり抜け、ブンッと飛んだ。恐ろしい風斬り音を立てる木刀を目で追うと、ズドーン！　アロンの足元に落下。

「ひぃあああああ！　セオ、お前、私を殺す気か⁉」

「あ、すまん」

「もっと気持ちを込めて謝れえええええ！」

わぁ、アロン、キレてるなぁ……。微妙にキャラ崩壊起こしてる。

ところでなのですが、ハティ教官？　私の木刀が見当たらないのですけど。え、私が今、手に持ってるのが私用の木刀？　えーと……どう見てもただの小枝なんですが……


6日目。（本物の）丸太を担いで森の中を疾走。

「新兵の頃の訓練を思い出すなぁ！」

「ええ、懐かしいっすね。ビビ様、俺の見学に来てただけなのに、新人に間違えられて地獄のブートキャンプに強制参加させられてましたよね。で、そのまま軍に入隊。気づかれるまでに3年もかかりましたっけ」

「ちょ、バラすなよ、恥ずかしい！」

「はははは」

ビビとセオは余裕しゃくしゃくだ。軍隊式の呼吸法を使って楽に重いものを運べるんだって。

ウィルも横を走って教えてもらってる。

「スースースーハー？」

「スースースー、ハーハーハー。３回吸って３回吐くんだぞ」

「うん、分かった！　スースー……」

ていうかビビ、お姫様のくせに、自国の軍隊に所属してたんだ。そうなった経緯もだけど、びっくりだよ。普通、自国のお姫様が軍隊に紛れ込んでたら気づくよね。

あ、でも……

ビビは黒髪を理由に嫌われてたみたいだし、もし私みたいに存在を隠されて育ったのだとしたら……臣下がお姫様の顔を知らなくても不思議じゃないのかな。

そういえば私たち、小さい頃の話とかあんまりしたことないな。私にとって、過去はつらい思い出。同じ黒髪のビビもそうかもしれないと思うと、話題にするのは遠慮してしまう。

「無駄話はせず集中しろよ。でないと――」

バサバサッと音がして、みんなの足が止まる。一番後ろを走ってたアロンが消えていた。う、う、と声がするほうへ行くと……

「もうお家に帰りたい……」

落とし穴の底でアロンがすすり泣いていた。

「――ああなる」とハティが締めくくる。

ハティはランニングコースに無数の罠をしかけてるんだって。そのひとつの落とし穴に、アロンはハマったのだった。

やだ、可哀想すぎる……

私も気をつけなきゃ！　って、私が落とし穴にハマることは１００％ないんだけどね！　だって私、ハティに丸太の代わりとして担がれてるし！

むきゃーっ！　もう我慢できない!!

「ハティってば、私を強くする気ぜんぜんないでしょ！」

「すまん……つい……」

「むーっ」

ポカポカ胸を叩くのに、なんだかハティは嬉しそう。これ、別にイチャイチャしてるわけじゃないんだからね？

ハティの白銀の長髪は今、古着の切れ端で作った黒いリボンで結ばれている。そのリボンの端を引っ張り、頭を振って髪をほぐす。木漏れ日に反射して、キラキラ綺麗だなぁ。見惚れている私にニッと笑いつつ（やば、気づかれた）、ハティが宣言する。

「1時間の休憩だ」

私はすかさず、燃え尽きて真っ白になってるアロンのもとへ駆け寄った。

「だ、大丈夫？　アロン……」

「私は文官タイプなんだよ……こんなイカレたトレーニングにあっさりついていける脳筋連中とは違うんだ……」

ふむ。こりゃ相当まいってるみたい。

「よしよし。ちょっと待っててね」

私はお外で使いすぎて、もはやお外用になった絨毯を『収納』から取り出して、地面に敷いた。それからガラスポットとグラスを取り出す。

「ほら、このジュースをお飲み」

時間停止機能つき『収納』のおかげで、冷蔵庫から取り出した状態のままキンキンに冷えたこのジュースの名は『ポ◯リスエット』！

運動後の水分補給にいいかなと思って作ってみたんだ。水・塩・砂糖・果汁を混ぜ合わせるだけで簡単だし。今回はそれに疲労回復効果のある薬草も入れてみました（回復薬の摂取はハティから禁止令が出てるけど、ジュースにほんのちょっと薬草混ぜるくらいならいいよね）。

「ああ、ありがとうララ……」

気だるげにグラスを受け取って、ポ◯リを口に含む。変化は劇的だった。アロンはカッと目を見開いたかと思うと、ポ◯リを飲み続けた。５杯も飲んだ頃には顔色もずいぶん回復する。

「なんだこれはっ！」

「う、うますぎる！　神の水だ！」

セオとビビもごくごく飲む。

「ララ、もう1杯ちょうだい！」

「はいはい、いくらでも～」

『収納』の中にはまだたくさんストックがあるからね。味のバリエーションも6種ほど。

ウィルは自分の分のポ○リを、森の動物たちに振る舞ってる。「みんなでなかよくのむんだよ～」って。動物たちの目線に合わせて小さくしゃがみ込んでる背中がとってもかわいい。

て、いけないっ！　ウィルにもちゃんと飲ませなきゃ！

最近はめっきり暑くなってきて、もう夏といってもいい季節。熱中症、危険！　ウィルの健康は姉さまが守るからね……！

絨毯の上に座って作業をしていると、ふいに膝が重くなった。ハティがごろんと横になり、私の膝に頭を乗せてきたのだ。

すごいね、膝枕って。頭の重みと熱が下腹にもろに響くし、顔がものすごく近いの。銀のまつ毛に縁取られた切れ長の瞳に見上げられると、息が止まりそうになる。

ハティは腕を伸ばして私の頬に指を滑らせ、横髪をさわさわ撫でた。くすぐったいのに気持ちいい、未知の感覚に戸惑ってしまう。

「俺にも飲ませてくれ、口移しで」

「ひゃ⁉　む、無理に決まってるじゃん！」

「しかしグラスはみんなウィルが持って行ってしまった。これでは俺が干上がってしまう。なぁ、可哀想だと思うだろう？」

「ピッチャーから直接飲んでくださいっ！」

2人きりの時は色々と気遣ってくれて優しいのに、ハティは人前だとなぜだか意地悪になる。特に、アロンの前だと。恋人同士になってから、特にその傾向が強くなってる。まるで見せつけるみたいに。

ハティは私の膝に頭を乗せたまま、アロンにニヤニヤと視線を投げかける。

「羨ましいか？」

「いえ、別に。膝枕くらい、ほかの女性で何度も経験しておりますので」

「ほかの女だと？　ララをそこらの雑草と一緒にするな！」

「面倒くさいお人ですねぇ……」

どんどんヒートアップしていく2人の会話を聞きながら、私ははぁ、とため息をつく。

この分なら、寝室でもこの調子なんだろうなぁ。

知っての通り、うちには寝室が３つしかない。

アロンがうちに滞在するようになってから、私は2階のウィルの部屋に。1階の寝室はアロンとハティに使ってもらってる。

毎夜お通夜ムードで寝室に向かう２人。でも、しょうがないよね。未婚の男女が同衾するなどはしたない！　ってアロンが騒ぐんだもん。

と、回想してるうちにアロンとハティの言い争いは佳境に。だいたいなぁ！　とハティが大声を出す。

「ほかの女を見てみよ。ここまで魅力的でやわらかな餅など持っておらぬだろう！」

「――なっ⁉」

一瞬、何が起きたのか理解できなかった。

満足げに言い切ったハティの手は、私の胸をガッツリつかんでいた。繊細な指先がぎゅうと脂肪に沈み込む。

ぷるぷると震えていると、さすがのハティもまずいと気づいたらしい。「あ」と間抜けな声を出して苦笑いを浮かべる。だけどもう遅い。

「ハティのバカぁ！　エッチ！　変態！　おすわりー！」

「きゃうん⁉」

ハティは跳ね起きると、地面の上で『おすわり』の体勢になった。うむ、『命令』はうまく発動したようだ。無意識だったけど。……あ、『おすわり』使っちゃった。

『命令』の反動でぼんやりしたハティの肩に、アロンがぽんと手を乗せる。

「あまりやりすぎると、嫌われてしまいますよ？　まぁ、私には好都合ですが」

遅れて事態を理解したハティの顔が屈辱に染まる。ヒヒヒと悪魔のようにあざ笑うアロン。

……ここぞとばかりに、ブートキャンプのやり返しを図ったわけね。でもねアロン、あとできっと倍返しされるよ……。


ワクドキ☆筋肉ブートキャンプ7日目。

私たちは一振りの剣のみ持たされ、森の奥深くに放置される。危険な獣や魔物をやっつけながらログハウスまで自力で帰ってこい、だって。

ハティ、おこである。

森に放り出されて数時間。オレンジ色の夕日が木々の表面を照らす頃、私たちはやっとの思

いでログハウスのある原っぱに到着した。今ではすっかり原っぱ全体を覆うドームになだれ込み、そこで気力が尽きた。もうどんな魔物も私たちを襲えない。すぐそこまで迫ってきてるジャイアントベアーとゴブリン（初めて見たけど、本の姿とだいぶ違う。緑の体なのは一緒だけど、主に大きさが……）の大群も。

どぎつい紫色の巨大蜘蛛とか、太ったミミズとか、２本足で歩く凶悪な顔した豚とか、真っ赤な肌で頭に角を生やした鬼とか、その見た目のグロさもさることながら、『中立の森』に住まう魔物たちは、魔物とのガチンコバトルが初めての私でも、異常と感じるほど強かった。ムチを振るって手足をちょん切っても、瞬時に再生。ったく、こっちはグロ映像に倒れそうになりながら渾身の一撃を放ったっていうのに。

元（？）冒険者のビビとセオによると、一般の森に住む魔物と違い、『中立の森』に住む魔物は、体内にある『魔石』を破壊しない限り再生を繰り返し、襲い続けてくるんだって。その情報を聞いた私は思った。ほぼゾンビじゃん。怖すぎ。

ぎゃーっ!!

目の前で繰り広げられるホラー映画さながらの攻防に理性がぷっちんと崩壊。がむしゃらにムチを振るいまくった結果、周囲の木々を壊滅させてしまった。「また子どもたちを傷つけたのね」って、あとでイヴに叱られそうなので黙っておく。

私はスキル『収納』の『亜空間NO・2』っていう避難所を持ってるから、いざとなれば魔物とバトルせずに亜空間に逃げ込んでやり過ごすこともできた。みんなも一緒に連れて。

だけど当のみんなは殺る気満々で、瞳をらんらんと輝かせちゃって、アロンですらふっきれたのか勇ましく剣を構えだすし。なんでそんなにやる気なのって首を傾げて、ああ、と思い出す。そういえばこれ、ブートキャンプのプログラムの一環だった。強くなるためには戦わなきゃ。

そこからは私も意識を切り替えて、理性にかじりつきながら頭を使って戦った。私のムチは可動域が広い分、小回りがきかない。一撃の威力は大きいけれど、もし打ち漏らしがあって、敵が一目散に向かってきたら、次の攻撃にわずかに間に合わない。そこで、近くの敵は地面から生やした『ツタアケム』で仕留めることにした。位置を指定し、スキル『植物創造』を行使。品種改良でしびれ毒を持つトゲを付与しているので、ツタアケムのツタに拘束された魔物は毒で弱る。そして、動けなくなった魔物の心臓部にある『魔石』をアロンが一突きし、決着。この戦い方が一番効率的だった。

いっぽう、軍人や冒険者として生きてきたビビとセオの戦闘技術は確かなもので、連携も素晴らしかった。お互いの存在を意識しつつ、背中合わせで無駄なく剣を振るう。〝信頼〟し合ってるんだなって、ちょっと羨ましくなったり……ほら、ハティは私を背にかばうばかりで背中を預けようとはしてくれないから。

ウィルは……

正直、ちゃんと戦えるのかなって心配してた。戦闘力の高さは疑いようもないけれど、ウィルは魔物と言葉が通じるから。その分、命を奪うという行為に踏み切るには、私たちよりハードルが高い。

でも、ウィルはちゃんと戦えてた。少なくとも、私にはそう見えた。

ウィルはもはや対話をしなかった。そのかわり、相手の殺気の強さを測っている……らしい。殺気とか、私にはちんぷんかんぷんだけど、「肌がピリッとして、心臓がドクドクする感じ」が殺気を向けられた感覚だって、もう少しつたない表現だったけどウィルが言ってた。殺気の強さから、説得が通じるか通じないかが分かる。で、通じないと判断すると、ウィルは迷わず戦い、相手を倒す。ウィルが持つ『聖剣』は、振るわれるたびに刀身が金色に光って、それはまるで絵本の『勇者』を思わせる鮮やかな戦いぶりだった。

戦う姿は、とても頼もしい。ウィルは強い。絶対に負けないという安心感がある。でも、ウィルが魔物を倒すたび、私の心にはちょっとずつ寂しさが募っていった。なんだかウィルが、どんどん私の手から離れていってる気がして。

とまぁ、色んな思いがめぐりつつも、なんとか戦いには勝った。途中、軽い怪我をすることも何度かあったけど、そこはアロン特製のお薬があるので問題ない。

ただ、敵の数が多すぎたし、数時間も森を走り抜けたので、スキル『体力∞』を持つ私やウィルでさえも疲れ切ってしまった。


5人で原っぱに寝そべり、夕日を受けてオレンジ色に輝くドームの壁を見上げていると、ふいにハティの端正な顔が視界いっぱいに広がった。近づいてくるの、ぜんぜん気づかなかった。

「ララの帰りを待つ数時間は、身を切られるほどつらいものだった」

歪められた唇から紡がれた声音は、本当につらそうだった。私は手を伸ばして、この前ハティがしてくれたように横髪をさわさわ撫でた。灰色の瞳が気持ちよさそうに細められる。

「もし私だけお留守番にしてたら、何日か口きかないくらい怒ってたとこだった」

「うむ。そのような予感がしたんで行かせた。つい心配してしまうが、本来ララは強い」

にっと笑い合う。なんだ、あるじゃん。私たちの間にも〝信頼〟が。


「いつまでも休むな。さぁ起きろ！　まだ訓練の途中だぞ！」

鬼教官ハティの掛け声に、大人勢は唸りながらのっそり身を起こす。ウィルはもう立ち上がっていて、「次は何するの？」と笑顔でハティの足元にまとわりついている。元気すぎるウィルの様子に、アロンたちがげんなりした顔を作ったのは言うまでもない。

私も完璧に回復していた。『体力∞』の超回復の恩恵で。すごいスキルだよね。ま、当たり前か。だってあのハティがくれたんだもん。さすが私の未来の旦那様。強くてかっこよくて、そう、指先なんか女の私よりもずっと繊細で綺麗で……と視線を投げてぎょっとした。ハティは鋭い牙で、自分の手のひらをガリッと噛んだのだ！　途端、したたり落ちる鮮血。

「あ、あ、アロン薬、薬！」

「落ち着け、ララ」

慌てふためく私と違って、ハティは顔色ひとつ変えない。テキパキした動作で胸元からグラスを取り出すと、そこに血を注ぎ入れる。それからぐいと差し出して、

「飲め」

「……」

圧倒的に説明が足りないよ！

ひえって声を上げたのは私だけじゃなかったと思う。

よくよく話を聞くと、ハティはワイルドな自殺を図った……ってわけじゃなかった。なんでも、ハティの血には〝覚醒（かくせい）する力〟が宿っていて、人間が飲むと潜在能力がアップするんだって。新しくスキルを与えるより、大きな力が手に入る可能性がある。

ハティは言った。人間は極限状態にあってこそ成長するのだと。

ハードな筋トレをして、最後は森で死闘を繰り広げて、疲れ切った今の状態で飲んでこそ、ハティの血は有効に働く。

「やっかみで死地に送り込まれたと思っていましたが、ちゃんとした考えがあってのことだったんですねぇ……」

「当たり前だ。俺は無駄なことはしない。分かったら早く飲め。鮮度が高いほど、得られる効果も高い」

アロンの皮肉に、ハティが大真面目に答える。

鮮度……うへぇ……

そんな吸血鬼みたいなことできないよ、と思ったら、横からグビグビ聞こえてきて、見ると、ビビが目を見開いてグラスの鮮血を一気飲みしてた。力を求めるその貪欲さ、あっぱれである。

ビビ、言ってたもんね。もうセオを危険な目にはあわせない。自分が守るんだって。

魔石を得るため、『中立の森』で狩りをしようと提案したのはビビだった。そこで死にかけて、ビビは自分の軽はずみな言動と弱さを呪った。だから強くなりたい。

私も私の大切な人たちを、守りたい。安心して背中を預けてもらいたい。強くなりたい。

目をつむって、一気にぐっとグラスを煽(あお)った。思ったより、というかぜんぜん嫌な感じはしなかった。美味しいとすら感じちゃう。なんか、好きな人の血を飲むって、しかもそれを美味しいと感じるなんて、ちょっとエッチな感じがする……て変態か！

真っ赤になる私を、ハティは満足げに胸の中におさめる。たぶん、私の心中はぜんぶ筒抜けだ。

続いてウィル、セオ、アロンもグラスを煽っていく。

変化はそれから3日後、まずはウィルに訪れた。

「ウィル～！　ごはんだよー！」

お昼、庭で『眷属』の魔物や動物たちと遊ぶウィルを呼ぶ。

「はーい！」

返事が聞こえた。と思ったら、ウィルはもう目の前にいた。

……ん？

……んんん？

「あれ、ウィル、今原っぱの端っこのほうにいたよね？」

ログハウスから原っぱの端っこまでは40ｍくらい離れてる。ここまで走ったとしても10秒はかかるはず。それを1秒で？

「なんかぼく、走るのはやくなったみたい」

ウィルはこてんと首を傾げてかわいく言うけど、速くなったどころじゃないと思います！

これは明らかにハティの血による〝覚醒〟。

久々に『鑑定』をかけてみると、ウィルのスキルの欄に『駿足レベルＭＡＸ』が増えていた。

ハティの血は、人間の潜在能力を引き出すもの。だから〝覚醒〟。

てことは、ウィルはもともと足が速いから、その能力が引き上げられてスキルに昇華したってわけかな？

じゃあ、私は？　私の潜在能力は何だろう。妖艶美少女だから、やっぱり『誘惑』とか『魅了』とか色っぽい系のスキルが増えたりして。ふへへ。

わくわくと自分に『鑑定』をかけてみる。

――ああ、なるほどなるほど。こう来ましたか。

私は黙って庭に出た。それから森に近づき、崖崩れの残骸を思わせる直径３ｍの巨大岩に手をかける。で、持ち上げる。で、投げる。

ブンッ！

岩は空のかなたへ消えていきました。

キラーン☆って。

某アニメの悪役が捨て台詞を吐きながら星屑になって消えてく感じで。

私は黙ってログハウスに帰った。迎えたアロンが不思議がる。

「どうしたんだい、ララ。顔が般若(はんにゃ)の面のようだよ」

「あれ、ほんと？　は、ははは……」

〝般若の面〟に怒る気力もない。

――私に芽生えた新しいスキル。それは、

『怪力レベルＭＡＸ』

「……なんでだよっ‼」

待って、ホントに待って？

ハティの血は、人間の潜在能力を引き出すもの。ってことは何？　私がもともと力持ちだって言いたいの？　嘘だよ、そんなの。だって私、剣もまともに持ち上げられないひ弱女だよ？

それが一気に、キングコング並みの怪力女に……

「ララの筋肉には潜在的に、強くなれる地盤が整っていたのだな」

「うわーん、ハティ。私がキングコングになっても嫌わない？　ゴリラでも愛してくれる？」

泣きつく私を、ハティは優しく胸の中に受け止める。くくっと低い笑い声がお腹に響いてきた。見上げると、楽しそうな笑顔がある。

「もちろん愛するが。しかしララ、筋肉ムキムキの女戦士になりたいのではなかったのか？」

これはちょっぴりバツが悪い。

「うん、まぁ、そんなこと言ったけどさぁ」

まさかキングコング並みの怪力女になるとは思わなかったんだもん。

「大っきい岩持って、空のかなたにぶん投げられるんだよ？　目の前で私がそんなことしたらハティ、幻滅するでしょ？　こんなんじゃかわいくないよね、私……」

うつむく私のあごを、ハティの長い指が撫でた。上目遣いに見やると、ハティはどこか悲しげな表情。う、やっぱりゴリラじゃダメなんだ……

「俺はララにあまり強くなってほしくなかった。最低限身を守れるくらいの力があればいい。あとはか弱く、ただか弱く、俺を頼って、俺に縋(すが)って生きてほしかった」

不穏な薄笑いに、私は若干引いちゃった。けど、ハティは気にせず続ける。

「しかし、ララが強くなりたいと願ったから。だから俺はまた新たに力を渡したのだ。ウィルと肩を並べて戦いたいのだろう？」

私は目をぱちくりさせた。驚き。

——ほんと、ハティにはぜんぶお見通しだね。

ウィルに置いて行かれたくない。

私が強くなれば、いつかウィルが冒険に出る日が来ても、私を戦力として連れて行ってくれるかも。なんて、強くなりたいって気持ちには、そういう下心もあった。

私はぎゅっとハティの背中に手を回した。

「ありがとう、力をくれて」

「うむ。礼は……」

「うん？」

トントン。ハティが自分の唇を叩く。つまり、キスを所望と。

素早く周囲を確認。みんな食事の準備をしてて、たぶん気を利かせてくれてるんだと思うけど、こっちを見ていない。

チュッ。

私はハティの唇……を少し逸れた頬に短いキスを贈った。

「あの、今はこれが精一杯、です……」

ひぃぃ、脳みそが茹(ゆ)だりそう！

顔がカッカする。

「……まずいな」

低くつぶやいたハティが私を抱えるように抱きしめた。

「我慢がきかない」

へ？　と心臓を騒がせた直後、「熱っ」とハティが声を上げた。アロンがスープの器をハティの頬に押しつけたのだ。おかげで私は脱出できたけど、ああ……心臓が痛い。

ハティってば、私を抱き上げてどこに連行するつもりだったの？　よ、予想はつくけどっ！

だってハティ、あの瞬間、犬耳としっぽがぽんって生えた。ハティは性的興奮？　がMAXになると、人間の姿のままでも犬耳としっぽが出現する。このサインは危険。逃げなきゃ美味しく食べられちゃう。

「何をするっ！」

「食事が冷めてしまいました」

「十分熱かったぞ！」

「おや、ほんとだ。湯気が出ている」

あーあ、また始まっちゃった。ハティとアロンのやり取りに思わず苦笑していると、

「だけど恐ろしいくらいの成長を遂げたものねぇ」イヴがしみじみって感じで言った。

「『鑑定』で相手の能力を把握し、攻撃を見切る。毒を付与したムチを振るい、かと思えば『亜空間』に消え、現れたところで巨大な岩を投げる。しかもぜんぜん体力が衰えない。ララちゃんてば、最初は普通以上に力のないか弱い少女だったのに、今では勇者級の戦士よぉ？　神だって殺せそうだわ」

並べ立てられると、あらためて自分の怪物具合が分かる。魔力もない、スキルもない、髪と瞳は黒いわで、私、昔はずいぶん虐げられたものだけど、今はどんなやつでも倒せる自信がある。願わくば、私を散々いじめた兄のギドにぽいっと岩を投げつけてＫＯさせたいです。むん！


ウィルと私に続き、間もなくビビが〝覚醒〟した。

食後、元気に魔物狩りに出かけて行ったビビだけど、すぐに大興奮して帰ってきて、

「ララ！　見てくれ、ララ！　これが私の必殺技だ！」

私はビビに手を引かれてドーム近くの森へ入った。ビビは私から十分離れたところで剣を構え、そして円を描くように素早く振り抜いた。

「ウィンド・ファング！」

勇ましい掛け声と共に、竜巻にも似た突風が発生する。びっくりした。狼の頭の形に具現化した竜巻は、切れ味のよさそうな鋭い牙で周囲の木々を根こそぎ砕いていく。一瞬にして直径５ｍの更地ができた。

「やっばー……」

ビビに『鑑定』をかける。すると、今まであった『剣術レベル７』（＋１になってた！）に加えて新たなスキルができていた。

スキル『疾風レベルMAX』。

ビビはもともと風魔法の所持者だったから、その力がスキルに昇華したのかな？　風を起こせると言っても、今までは葉っぱをそよがせるくらいしかできなかったのに！　とビビは大喜びだ。

「どうかな、ララ！　かっこいいだろうっ？」

「うん、かっこよすぎるよビビ！　かわいくて綺麗で強いとか何？　もうもう、惚れそう！」

きゃーっと抱き合ったところで「あ、できた」とアロンの抜けた声が聞こえた。アロンもビビの必殺技を見についてきてたの？　横を見ると、アロンが巨大な水の塊を宙に浮かせていた！

ひえっ。

「ビビみたいに恥ずかしい技名はないけど、一応、水の魔法の進化系になるのかな？　敵を閉じ込めて、窒息させたり洪水を起こして押し流したりくらいはできそう」

うん、物騒！

「恥ずかしいとはなんだっ！　でもすごいなぁ！　ちょっと羨ましいぞ。もう一度放って見せてくれ！　うぉー！　カッケー‼」

ビビは大騒ぎ。小学生男子っぽい空気感は、もはやビビの標準装備になっている。

アロンに『鑑定』をかける。すると今まではなかったスキルが。

スキル『水牢レベルMAX』。

水の……牢獄……？　つょい。囚人をいじめるドS看守！　うん、似合う。とか考えてたら、睨まれた。

「前から怪しいと思ってたんだけどさ、アロンって、人の心を読めるスキル持ってる？『鑑定』にも暴けないなんて、恐い！」

「君の表情が分かりやすいだけだよ」

「あ、さようで……」

冗談はさておき。アロンももともと、水魔法の使い手。ビビと同じく魔法がスキルに昇華したようだ。

「私もこれまでは薬を作るのに桶1杯くらいの水しか出せなかったのに、すさまじい変化だよ。ちょっと戸惑うな」

うん、ハティの血の力ってすごい。悪い人に知られたら、大変なことになりそう。血をめぐって、争奪戦が起こるよ！　ま、ハティはすっごく強いから、悪いこと考える人間ごときに捕まらないいけどね。

ウィルと私、ビビとアロンも〝覚醒〟した。この状況に焦ったのは、遅れを取ったセオだ。

あれから何日経っても変化が訪れない。自分には神の力を受け入れる土壌がないんだ。きっと前世は極悪非道の大罪人だ！　と日に日に肩が落ちていく。いつもしゃんと背筋を伸ばした軍人さんらしいセオだけに、打ちひしがれる様は見ていられない……。ビビも心配して励ますけど、なぜか空回ってセオをますます落ち込ませるし。

「そろそろ変化に気づいてもいい頃だが」

ハティがぽつりと言った。

その言い方がなんか引っかかって、もしかして、とセオに『鑑定』をかけてみた。すると……

スキル『絶対把握レベルＭＡＸ』。

やっぱり、スキルはとっくに芽生えてる！

絶対把握？　強そうだけど、どう使うんだろう？　まぁそれはともかく、

「セオ！　ちゃんと〝覚醒〟してるよ！　新しく『スキル』が増えてる！　スキル２つ持ちだよ！」

一刻も早く、と興奮してまくしたてたのがいけなかったのか。セオは強面の顔をぽかーんと緩ませて私を見つめた。大声にびっくりしちゃったかな？

と思ったけど違った。

「待ってくれ……」

セオは震える声で言った。

「その言い方だと、オレがもともとスキルを持ってたみたいだが……」

「え？　だって、そうでしょ。セオはもともと『盾術』のスキルを持ってて、今回、『絶対把握』っていうスキルが増えたんだよ」

「うそだろ」

うそだろ、ってこっちが言いたいよ。

今までたくさん戦ってきて、そんなことある？　って感じだけど、セオは自分がもともと『盾術』のスキルを持ってることを知らなかったんだ。

「すごい、ぜんぜん当たらないよ！」

「ははっ、オレはまだまだ余裕だぞ。勇者の末裔の力はこんなもんか？　ほらっ！」

「わっ」

盾と剣で打ち合うセオとウィル。すごいスピード。

セオの『盾術』レベルは最初から、既に5まで強化されていた。つまりセオは『盾術』を持っていると知らないまま、レベリングに成功していたというわけ。たぐいまれな戦闘センスのなせる技だ。そこへイヴ作の盾が与えられ、スキル所持の告知をしてあげればこの通り。フォーク1本でジャイアントベアーを倒しちゃうウィルの戦闘能力を凌駕する、最強戦士のでき上がり。

セオの盾が宙をえぐるように繰り出され、ウィルの剣が飛んだ。ブンブンと回る剣は、例のごとくアロンのすぐ隣に刺さって着地。スキル『水牢レベルMAX』を練習中のアロンが真っ青になって飛び上がった。

「あ、すまん」

「お前、絶対わざとだろ!!」

「アロンはどうにも武器に好かれるなぁ。いや、これはすごい才能だぞ」

「よし、そこに直れ。私の『水牢』の練習台にしてあげよう」

「こい、オレの盾で受け止めてみせる！」

ビビを守らなきゃ、っていつも緊張した様子のセオだったけど、最近はずいぶん雰囲気がやわらかくなった。口調もくだけてきてる。私たちのこと、信用してくれてるんだと思うと嬉しい。

青空のもと、巨大な水球が盾に当たって弾けた。無数のしぶきが上がり、その下でウィルがはしゃぐ。「姉さまー！」呼ばれたので手を振って応える。水滴を口でキャッチして遊ぶウィルがかわいすぎて困る！

心のシャッターを切るのに忙しい私の隣で、ビビが少し沈んだ調子で言った。

「すごいな、セオの『盾術』は」

7歳の時、教会で受ける『判定式』。

そこで判明するのは、スキルの有無と魔力量。この世界に生きる人々は、国・性別・身分に関係なく、7歳で自分の能力を把握する。はずなのだけど……

7歳の時『判定式』を受けたはずのセオは、自分がスキル持ちだとは知らなかった。

なぜか。

教会が教えてくれなかったからだ。

どうして教会は、セオの能力を黙ってたのか。

私のせいだ、とビビは言う。

「セオはな、私が拾った。もともと孤児だったんだ」

当時6歳のビビはある日、城を抜け出して城下町に出た。そこで柄の悪い少年たちに絡まれ、「気持ち悪い」と黒髪をナイフで切られそうになる。そこへ助けに入ってくれたのが当時7歳になったばかりのセオ。彼は、何倍も体格の大きい少年たちを相手にボロボロになりながらも戦い、最後には勝った。セオはビビの黒髪を「気持ち悪い」なんて言わなかった。セオの亡き母も黒髪だったからだ。

２人は仲よくなって、ビビは城を抜け出してはセオと遊んだ。そしてセオが孤児であることを知る。それならばと、ビビはセオを自分の従者として雇い入れることにした。現皇帝の父も、兄弟も反対しなかった。お前には孤児の従者が似合いだと、そう言わんばかり。でも、それでよかった。ビビとセオは誰にも咎められることなく、いつも一緒にいられるようになったのだから。

そうして間もなくやってきたセオの『判定式』。そこで彼は〝無能〟の烙印を押された。本当は、『盾術』というスキルがあるにもかかわらず。

「私の従者がスキル持ちだと面倒だって、父上たちはきっとそう考えたんだ。従者が活躍すれば、その主人の評価が上がる。皇家の汚点である黒髪の皇女には目立ってほしくないのに、これは困った事態だって。だから、教会と結託してセオの能力を隠したんだ」

笑える、と言ったビビは、そのくせ泣きそうな顔で続けた。

「私がセオを従者にしていなければ、『判定式』後、国に登用されてしかるべき地位につけただろうに。私と一緒に国を追われ、野垂れ死にの憂き目にあうこともなかっただろうに。一緒にいたいって、私が願ったせいで。セオの輝かしい未来を、私が奪ったんだ。セオはきっと私を恨んでる。私、どうすれば……」

私の『鑑定』によりセオのスキルが判明してからというもの、ビビはずっとふさぎ込んでいた。

でも、私に言わせれば、ビビの悩みは杞憂っていうか、まったく無意味に感じられる。

だって、ビビがセオの輝かしい未来を奪ったなんて、セオはぜんぜん考えてないはずだもん。

恨んでるなんて、もってのほか。

「輝かしい未来って、ビビがいない未来？　それって、本当に『輝かしい』のかな」

「え？」

「セオはさ、ビビの側にいるのが一番幸せで、一番輝かしいって思ってる気がするけど」

「その通りっすね」

いつの間にか側に来ていたセオが、コツンとビビの額を叩いた。水色の瞳をうるませたビビがセオを見上げる。

「何をぐちゃぐちゃ言ってんですか、ビビ様」

「だって」

「オレは『盾術』持ちの肩書きがなくたって、騎士団のナンバー2まで登り詰めたんですよ。それなりに輝かしい地位にあった。それでもビビ様と共に逃げたのは、そんな地位よりビビ様のほうが大事だったから。なんでそれが、分かんないんです？」

「でもでも、『盾術』のスキルって、すごく珍しいんだぞ？　本来であれば『盾の勇者セオ様』とか呼ばれてチヤホヤされてたかも」

「だから興味ねぇんだって！」

セオがビビの両頬を包み、ぐっと顔を近づけた。

「オレの願いはただ、あんたの側にいることなんだよ。そりゃ『盾術』のスキル持ちって知ったのは嬉しかった。でも、それだって、あんたをもっとしっかり守れるようになるって思ったからで。昔に分かっていれば有名人になれたのにとか、これっぽっちも思ってないからな！」

泣き虫なビビが、セオの感動スピーチに耐えられるわけがなかった。

うわーんと子どものように泣きじゃくりだしたビビは、セオの足にひしと抱きつく。それからドームいっぱいに響くような大声で言った。

「私、私、セオのこと、責任持って幸せにするからな！」

「それプロポーズですか」

からかうように笑ったセオだったけど、うん、仮にも彼氏ができて桃色センサーが敏感になった私には分かる。

ビビは本気だ。

「そう受け取ってくれても構わない！」

顔を耳まで真っ赤にして叫ぶビビ。その顔をのぞきこんだセオは不意打ちを食らい、さっと横を向く。その頬も真っ赤に染まっていた。

ひゅー！

ニヤニヤしちゃう。人の恋愛を観察するのって楽しい。それが大好きな2人なら、なおさら幸せな気持ちになる。無性に誰かを抱きしめたくなるっていうか。

「騒々しいな」

珍しく狼姿で眠っていたハティが起き出した。私とビビはハティのお腹を枕に、日向ぼっこしていたのだった（ちなみにイヴは、クーラーがないのになぜか涼しいログハウスに引きこもっております）。

「ビビがね、セオにプロポーズしたの」

「……ほう？」

未だビビに足を拘束されたままドギマギするセオを、ハティは目を細めて見る。

「メスから言わせるとは、情けない男だ」

「お、オレだって、いずれはと……！」

「君のそれもプロポーズっていうか、告白？　セオは『従者が主人に恋するなんて許されない』とか考えて自己完結する空回りタイプだと思ってたんだけど、どうやら私の思い違いのようだね」

アロンにまでからかわれて、セオはますます顔を赤くした。

「さっき飛ばした剣の仕返しか」

「私は根に持つタイプなんだ」

アロンはにんまり笑った。

「そういえば、セオの『絶対把握レベルＭＡＸ』ってどんな能力なの？」

そうそう、聞くの忘れてた。

字面からすると『何かを絶対に把握する』ってことなんだろうけど。何を？

もしかして、ウィルの『真実の目』と似たような能力なのかな？　人や動物の心が分かるとか……

そういえば、と思考を巡らせる私たちに、セオはけろっとした調子で言った。

「相手の攻撃を、ぜんぶ見切れる。なんつーか、相手が次にどんな攻撃を仕掛けてくるのか、どこに打ち込んでくるのか、感覚的に分かるんだよな」

なんだそれ！　めちゃくちゃチートじゃないか!!

・ララ・コーネット
・14歳
・スキル：『鑑定レベル5』『収納レベル5』『安寧の地レベル7』『体力∞』『植物創造レベルMAX』『怪力レベルMAX』
・眷属：ピッピ他（一角うさぎ×10）、アオ（ブルーサファイア）、モカ他（火ネズミ×15）、キキ他（居眠りアナグマ×4）、他多数。
・称号：神々に愛されし者

・ウィル・コーネット
・6歳
・スキル：『剣聖レベル2』『体力∞』『真実の目レベルMAX』『駿足レベルMAX』
・眷属：ピッピ他（一角うさぎ×10）、アオ（ブルーサファイア）、モカ他（火ネズミ×15）、スゥ（※※※※）、キキ他（居眠りアナグマ×4）、他多数。
・称号：天使

・アーソロン・ノヴァ
・22歳
・魔法属性：水
・スキル『水牢レベルMAX』
・称号：抗う者

・ビビアン・トランスバール
・17歳
・魔法属性：風
・スキル：『剣術レベル7』『疾風レベルMAX』
・称号：トランスバール帝国第一皇女。冒険者。

・セオ

・19歳
・スキル：『盾術レベル5』『絶対把握レベルMAX』
・称号：皇女の盾。冒険者。
・補足：近衛騎士団、元・副隊長

§　§　§　§

ララとウィルが消え、3カ月以上が経った。その間、コーネット伯爵（ララの実家）とボルドー侯爵（嫁入り予定先）は、2人の捜索を必死に続けてきた。

ボルドー侯爵はどうしてか、ララにいたく執着している。ララの絵姿をおさめた額縁（がくぶち）を大事そうに抱え、うっとりと、妄想の世界に浸っている。

「早く、早くこの子を連れてこい！」

26歳とまだ若いボルドー侯爵だが、肥満体型と薄くなった頭髪のせいで、見た目は40代に見える。

これまで多くの女性に執着し、あくどい方法で手に入れては、その女性の命が尽きるまでオモチャとして使い潰してきた。正式に妻として迎え入れたのは、貴族令嬢という身分の4人だけだが、ボルドー侯爵は当たり前のように使用人や自領の領民にも――たとえその者に夫がいようと関係なく――手を出している。

このようなボルドー侯爵の野蛮な振る舞いは、ほかの貴族や王族も承知している。女の体のことしか頭にないゲス豚、などと嘲笑しているが、それはあくまで陰でささやくだけ。誰も表立ってボルドー侯爵に苦言を呈(てい)することができない。

ボルドー侯爵は国で一番の産出量を誇る銀山を自領に有している。故に軍事力、経済力、共に強大。さらに身分は侯爵。王、公爵に続く高い地位。――それより位の低い貴族が文句を言えるはずもない。言えるとすれば王、公爵だが、彼らにはボルドー侯爵を断罪する理由がない。毎年多額の税を納め、さらに王、公爵にだけ安く銀を譲ってくれる侯爵。王宮で開かれる評議会でもよい提案を出す優秀さも見せている。彼らからすれば、ボルドー侯爵の悪癖は、少々女好きがすぎる、くらいの評価だ。女好きを理由に断罪できようはずもない。王や公爵も人のことは言えないのだから。

では、娘を奪われた貴族家は、なりふり構わずボルドー侯爵を攻撃するような悪感情を持っているか？　といえば、そうでもない。彼らは娘と引き換えに、多額の結納金（謝礼金）をもらっている。いらない娘を売るだけで、金が手に入る。ありがたがりこそすれ、憎むことなどありえない。

ボルドー侯爵はどこから噂を仕入れているのか、必ず一族に冷遇されている令嬢を所望する。したがってトラブルになることなく、望む令嬢をトントン拍子に手に入れてきた。

コーネット伯爵家のララも、同じ理由で白羽の矢が立ったのだった。――しかし、ララは逃げ出した。侯爵は憤慨する。と同時に、ララを手に入れたいと、ますます願うようになる。

ララは『初めて自分から逃げ出した令嬢』として、侯爵の中でブランド化してしまった。侯爵はララを手に入れるその日まで、決して諦めないだろう。


ボルドー侯爵は結納金を予定の半分しか、コーネット伯爵家に払っていない。残り半分はララを捕らえてからと条件を出している。

コーネットは何としても、ララを見つけ出さねばならなかった。借金返済に当てる金を手に入れるため、だけではない。ララを無事ボルドー侯爵に嫁がせねば、侯爵の不興を買う。それは貴族社会で干されることを意味している。なんとしても、それだけは避けねば。

また、彼らがララを追う理由はもうひとつある。


ララの嫁入り当日、コーネットの屋敷からさまざまな品物が消えた。

細々とした装飾品が消えるのはまだ分かる。嫁入り準備のどさくさに紛れて使用人が盗んだと考えられるからだ。しかし、すぐには持ち出せないようなソファやベッドが消えたのはどういうわけだろう。――夫人はキングサイズのベッドが消えた自室の光景を前に、呆然と立ち尽くした。盗みの犯人とおぼしき使用人どもをまとめて折檻し、疲れて横になろうとしたらベッドがない。屋敷のあちこちで、〝ありえない〟事態が起きていた。

間もなく居間の壁から『聖剣』が消えているのをギドが発見し、彼はあまりのショックで気絶した。それはコーネット家当主の証。ギドが受け継ぐはずの剣だった。

コーネット伯爵は、この大規模窃盗事件は『収納』のスキル持ちの仕業だと結論づけた。にわかには信じられないことだが、そう結論づけるとすべての辻褄が合うのだ。『収納』が伝説通りの代物ならば、誰にも気づかれず短時間に大量のものを持ち出すことが可能である。

しかし、200年前の勇者以来、『収納』持ちが現れたという情報はない……

ララが犯人ではない。『判定式』で〝無能〟だと証明されているからだ。同様の理由で、使用人も犯人たりえない。

コーネット伯爵家で『判定式』を受けていないのはまだ6歳のウィルだけだ。

状況はウィルが『収納』持ちだと告げていた。

このことに思い至った時、伯爵は悔しさのあまり自室で暴れまわった。有能な血を、外に逃がしてしまった！　自らの身体を硬化させる無属性魔法を行使し、手当たり次第にものを破壊する（本人はその事実を知らないが、勇者の末裔たる伯爵も、普通では考えられない強さを持つ人物だった。それでも『剣聖』だった彼の父、そして息子のウィルには遠く及ばないが）。

伯爵は気づいた。『収納』を持つほどの傑物だ。ウィルは次の『剣聖』に違いない。ウィルは愛人の子。妻に引け目があり、冷遇されるのを見て見ぬフリをしてきたことが今更ながらに悔やまれる。

——連れ戻さなければ。ウィルを、『聖剣』と共に。

そのためにも、ララを必ず見つけ出す。

伯爵は固く決意する。

ウィルを今連れ戻せば、〝次期当主〟として必要な教育を施すのにも間に合うだろう。『剣聖』亡きあと衰退したコーネット伯爵家の再興は、ウィルにかかっている。

§　§　§　§

中立の森。東の砦付近。

「どうして俺がこんな目にあわなくてはいけないッ！」

ララの2つ年上の兄、16歳のギド・コーネットは、汗まみれのくすんだ金髪をかきむしった。歪んだ顔は日に焼け、ところどころ赤くただれていた。

父であるコーネット伯爵の命令により、ギドはここ2カ月、ずっとララとウィルの捜索を続けている。

兵士にさせればよいものを、なぜ自分が。

「ボルドー侯爵に誠意を見せるためだ。次期当主まで使って必死に探している、その事実が重要なのだ。お前も貴族の息子ならば、体裁（ていさい）が大事であることくらい理解できるであろう」

父は息子の文句に取り合わず、10人の兵士と共にギドを出立させた。

ギドは面白くないと思いながらも、『次期当主』の響きに少しばかり機嫌をよくした。母はウィルの存在を警戒し、ギドの将来を不安に思っている様子であるが、ギドにしてみればその心配はナンセンスだ。

——俺は長男だ。強力な火の魔法だって使える。次期当主は自分以外にありえないのだ。

ウィルにも困ったものだ、とギドはニヤニヤと考える。

『収納』持ちだかなんだか知らないが、俺の『聖剣』を持ち出すとはいい度胸だ。ウィルを連れ帰るようにと父上は仰（おお）せだが、やつのような穀潰（ごくつぶ）しを連れて帰ったところで何になる。さっさと殺せばよいものを……。ああ、そうだ。お仕置きも兼ねて、この俺の炎で焼き殺してやろうではないか。

そうして機嫌よく捜索に乗り出したギドだったが、１カ月、２カ月が経っても、ララとウィルはいっこうに見つからない。

目撃情報をもとに、タリス王国の田舎町にも行ってみたが、既に姿はなく……

他国にまで及ぶ大規模な捜索でも見つからない。

ボルドー侯爵や父上からは、露骨な嫌味を書き連ねた手紙が送られてくる。自分たちの配下を使って別口でも捜索を続けているようだが、そちらにも進展がないらしい。その怒りを、自分に向けてきている。

ギドはもう、我慢ならなかった。次期当主たる俺が汗にまみれ、なぜこんなにも泥臭く捜索を続けねばならないのか。

怒りはすべて、ララに向く。

——そもそもあいつが逃げ出したのが悪いのだ。大人しく侯爵のオモチャにおさまればよいものを。

鈍い光をたたえた、ララの瞳を思い出す。神から嫌われ者の烙印を押されて産まれてきた黒い娘。——汚らわしい。生きる価値もない、恥ずかしい存在。母の言い分を、間違っていると思ったことは一度もない。一緒にいじめて、罪悪感を覚えたことも一度もない。

しかし、いじめてもいじめても、あいつの瞳からは最後まで光を奪えなかった。殴っても蹴っても、まっすぐに俺を見つめてくるあの目。あの目が嫌いだった。ララを「気持ち悪い」と思う自分が、間違っているような気持ちにさせられるから。

——大嫌いな妹よ。俺のために早く捕まってくれ。

と、その時。

はるか上空から、巨大な質量の塊がびゅんと風を切って飛んできた。ギドの顔面スレスレをかすめ、ドスン!! 激しい地鳴りの音を響かせ、地面にめり込む。

それは、直径3mはあろうかという大岩だった。

「ひぃぃ!」

一拍遅れ、ギドが尻もちをつく。

じわりと股間に熱いシミが広がっていく。

兵士たちの同情的な視線に、プライドの高いギドが耐えられるわけがなかった。

——なんなんだ、なんなんだ、この森は!!

襲い来る魔物の群れを必死にまいたと思ったら、こんどは空から岩が飛んでくる。自分を狙い撃ちで、殺そうとするかのごとく。ギドの脳は、プレッシャーと恐怖で焼き切れる寸前だ。

そして……

ギャッ――。後方で悲鳴が上がり、ギドはハッと振り返る。バキボキ、嫌な音と悲鳴。そこには巨大な蜘蛛の魔物がいる。ギドはとっさに火の魔法を放った。火だるまになった蜘蛛が兵士を吐き出すが、もう助からないだろう。

またひとり、兵士がやられた。コーネットから連れてきた兵士は、残り4名のみとなった。

そのひとりが、ギドを責める。

「ギド様、森で火を使うのはやめてくださいとあれほど……！」

「うるさい！」

ギドはついにキレた。炎の玉を兵士の腹に叩き込む。「フベッ」と短い声を上げ、兵士が吹っ飛んだ。

火だるまになり暴れる蜘蛛の体から、火が、木々に燃え移っていた。夏の日差しと炎の熱で暑さの増した風がギド一行を包み込む。

「も、もうすぐ『東の砦』跡です。少し休憩を取りましょう」

「うるさい！　うるさい！　うるさい！」

手当たり次第に放った炎が森を燃やしていく。兵士たちはいよいよ腰を抜かした。このままでは魔物に殺される前に、主人に殺されてしまう！

頬を青ざめさせたギドは、「おい」と男に声をかけた。〝謎の男〟がよこした傭兵のうちのひとりだ。コーネットの兵士と違い、傭兵どもはいくらか落ち着いていた。普段から気難しい雇い主のもとで仕事をこなす彼らは、貴族の坊っちゃんのかんしゃくなど慣れたものだった。とはいえ、ここまでえげつない炎を使う貴族を相手にするのは初めてだったが。

「『追跡装置』の発信源はこのあたりで間違いないのか」

「ええ、はい。そのはずなんですが……」

男が見せた四角い箱の中央で、赤い光が点滅している。ララたちの居場所が分かるということの装置も、傭兵と共に〝謎の男〟がくれたものだった。

謎の男。良家の執事ふうの彼がギドの前に現れたのは、3日前のことだった。

〝ララ・コーネットとウィル・コーネットの居場所を知っている。彼らは『中立の森』に屋敷を構えて住んでいる〟——そう、男は言った。

ギドはその情報を一笑に付した。

『中立の森』など、人の住めるような場所ではない。冒険者でさえ、強力な魔物を恐れて近づかないと聞く。ララのようなか弱い娘が森へ入れば、5分と経たず魔物に食い殺されるだろう。

しかし男は引き下がらなかった。余裕を感じさせる笑みを浮かべ、「信じてくださらなくとも結構。こちらは親切で情報を提供しているだけですから」とぬかす。

「美しいお嬢さんですね」

続いた男の言葉に、ギドは胸を突かれるような思いがした。こいつはララを知っている、見たことがあるのだと確信した。

「私も困っているのです。どうやらそちらのお嬢さんが、うちの坊ちゃまをたぶらかして、森の中で一緒に暮らしているようで。うちの坊ちゃまは魔法が使えますし、魔物よけの薬も作れますから、それで『中立の森』でも無事に生きながらえているのではないかと」

男は最後まで身分を明かさなかったが、仕える『坊ちゃま』が魔法使いということは、貴族家の使用人——その中でも、高位の執事なのだろう。

なるほど、弱いララも男の力を頼れば生きながらえることはできるか。

「とはいえ、『中立の森』は危険な場所。入るのではあれば十分備えなければ。こちらをお役立てください」

男は、傭兵10名とタリス王国で作られたという『魔道具』をいくつか置いて去っていった。

かくしてギド一行は『中立の森』へやってきたのだが、見通しが甘かった。森へ入って30分足らずで、馬がすべてやられた。その後4時間で、兵士が6名やられた。

『中立の森』に住む魔物は噂に違わず強力だった。まず、姿が違う。一番弱いはずの一角うさぎでさえ、通常より一回り以上大きく、角は2倍の長さがある。ほかもそう。この森の魔物は、ありえないほど巨大化している。人の力だけでは、太刀打ちできなかった。ギドの魔法でなんとかしのぐも、魔力が枯渇すれば使えなくなる魔法だけでは心もとない。そこへきて、謎の男が置いていった『魔道具』が素晴らしい働きをした。火、水、土、風。それぞれの属性魔法を、さらに強化して放たれる兵器。『魔道具』のおかげで、ギドたちはなんとか生き延びている。

——しかしもう、限界だ。

いくつかの『魔道具』は壊れた。ギドの魔力も、先ほどの乱発のせいで枯渇寸前。

引き際だ。

しかしなんの成果もなく帰れば、父上はもちろんボルドー侯爵にも叱責されることは目に見えている。

ギリリと奥歯を噛みしめたギドであったが、その時、あることを思いつく。

——そうだ。この森はミナヅキ王国に接しているのだったか。かの国は黒髪を多く飼っていると聞く。ララの代わりに何人か捕らえてボルドー侯爵に献上すれば、しばらく怒りを鎮めることができるのではないか。うまくいけば、それで満足してくれる可能性も……

「ギド様！」

考えに沈むギドのもとに、ひとりの兵士が駆け寄ってきた。心なしか、表情が明るい。

「『東の砦』跡にこのようなものが落ちていました」

ギドの休憩所を確保するため、数人がギドらに先行し、『東の砦』跡に出向いていたのだった。２００年前、勇者が拠点に使っていたという砦だ。当時の古い地図をもとに、兵士たちは半壊した砦を見つけ出していた。そこで、思わぬものを発見する。

兵士から手渡されたのは、１冊の本だった。薄茶けた古い紙。すべてのページ裏に、文字でも練習していたのか、稚拙な文字で名前が書き込んである。

『ウィル・コーネット、ウィル・コーネット、ウィル・コーネット……』

ああ、なんと詰めの甘い。

「……見つけたぞ、ウィル」

ギドはおかしくてたまらず、声を上げて、腹がよじれるほど笑った。

第5章　ウィルの誕生日

「うん、今日も美味しそう！」

額の汗をぬぐって〝獲物〟を太陽にかかげる。

土を被った特大のにんじん。みずみずしくて、ずっしり重い。形も絵に描いたように完璧。

私の『創造』通り、味も甘いに違いない。ウィル好みの、甘いシチューが作れる。

畑は今日も豊作だ。にんじん、玉ねぎ、じゃがいも。季節ガン無視の栽培でも、丸々太った野菜たち。ウィルのおやつ用に、氷水で冷やしてそのまま食べられる夏野菜も、たくさん作ってある。

「にんじんばかり引っこ抜いて、どうするつもりだ？」

ハティは苦笑しながら、次のにんじんに手を伸ばそうとする私の手を止めた。あちゃ。気づけばカゴがいっぱい。『体力∞』のおかげで疲れないから、調子に乗って収穫しすぎたみたい。

「泥だらけではないか」とぬぐわれる指先がくすぐったい。

「ウィルの準備は整った？」

「うむ。予定通り、ウィルと共に夕刻まで家をあける」

「お願い」

私たちが意味深な笑みを交わしたところで、

「ねぇ、スゥもつれてっていーい？」

ウィルがのんきにお伺いを立てながらログハウスから出てきた。大きなリュックを背負い、首に白蛇を巻いている。げぇ、またあの蛇！　最近いつもウィルの首にいるんだよなぁ。なんだか私が近づかないよう牽制してるみたいだ。おかげでウィルにハグできなくて困ってる。あ、あのうねうねした不規則な動き。ぬめぬめしてそうな表皮。炎みたいにちろちろ揺れる赤い舌……うん、ぜんぶ無理！

今日、ウィルはハティと2人で森へキャンプに出かける。神様ブートキャンプ番外編、『マンツーマン強化訓練』を行う……というのが表向き、というか〝ウィル向き〟の設定。

「眷属を連れて行くのは禁止したはずだぞ」

「ぼくもそう言ったんだけど、でも、どうしてもいっしょに行きたいって言うの」

「うーむ……仕方あるまい。邪魔はしてくれるなよ、『トルネードスネイク』」

「〝スゥ〟だよ！」

ぷくっと頬を膨らませ、ウィルはどうしてもハティに白蛇（スゥ）の名前を呼ばせようとする。タジタジになりながら「では行ってくる」とハティが白銀の狼に姿を変えた。わかるよ、蛇なんかと仲よくしたくないよね。ちょうどその時。

「ちょ、ちょっと待ったぁー!!」

イヴが走ってきたので、私たちはそろってびっくりした。イヴがお外に出てくるなんて珍しい。太陽大嫌いのイヴは、夏本番の今は完全なる引きこもり。そんなイヴがわざわざログハウスを出てきたのは、ウィルに麦わら帽子を被(かぶ)せるためだった。

「夏の日差しは勇者をも殺すわ！　コウタロウも昔、ひどい熱中症になって大変だったの！　ほら、しっかり被って。ハティ、なるべく日陰を走るのよ」

「……あ、ああ。分かった」

キッと振り返ったイヴは、私にも麦わら帽子を被せる。

「これ、イヴが作ったの？」

「ええ、そうよ」

「すごーい！」

私は帽子を手に取ってしげしげと眺めてみた。記憶の中にある日本の麦わら帽子と変わらない。といっても、イヴのは複雑なツタ模様が縫い込まれていたりと、かなりおしゃれだけど。

「ありがと、イヴ。畑仕事の時、暑くて困ってたんだ」

「ぼくもありがと。行ってくるね！」

「うん、行ってらっしゃい。水分をしっかり取ること」

「はーい」

イヴと共に熱中症対策の指示をして、私たちはウィルとハティを見送った。

さて、これで心置きなく準備できる！


コーネットの屋敷を飛び出して4カ月。

季節は春から、短い梅雨を越して夏に変わった。

8月14日の今日は、ウィルの誕生日だ。準備というのは、つまりそういうこと。お部屋を飾りつけして、ウィルの大好物をみんなでたくさん作って、盛大にパーティーをするのだ！

「誕生日プレゼント、何あげるか決めた？」

私はさっそく作業に取り掛かりながら、みんなに問いかけた。

「わたしは手作りの万年筆をあげるわ」とイヴ。続いて、アロンも答えた。

「私は各種調合薬を入れた革ポシェットを。腰に巻くタイプだから、リュックに詰めるより使い勝手がいいと思うよ。ララは？」

「私はね――」

アロンが追手に見つかり、うちに潜伏して以来、私たちは一度も街へ買い物に出ていない。

敵に関する情報収集の道が絶たれた今、街に買い物に出るのは危険と判断したからだ。

幸い、時間停止機能つきの『収納』にはたっぷり食材が入っているので、食べ物には今のところ困ってない。でも、プレゼントを用意するのはみんな大変だったと思う。買い物に行けないから、手元にある品物でプレゼントをこしらえなきゃならない。

私もかなり悩んだ。7歳になる年は『判定式』もあって、この世界では節目の、大切な年。特別なものをあげたかった。けど、選択肢はハンドメイドしかなくて、材料も限られてる。

結局、私はリボンを作ることにした。

最近、ウィルは運動する時、髪を結ぶことも多いので、ちょうどいいと思った。それに、リボンならいつも側に置いてもらえる。

前世の知識をもとに、イヴに木製の編み針を作ってもらって、あとは前に街で買ったサテンの細糸を使って、細かく複雑に編んでいった。そうして、朝日に輝くエメラルドグリーンの湖畔のような、美しいリボンができ上がった。

セオは腰につける剣帯を、ビビはミサンガをあげるらしい。

「うちの国の工芸品なんだ。ウィルを守ってくれるように、願いを込めて作った」

へへっと照れ隠しに笑いながら、ビビが説明してくれた。いくつもの宝石が、糸で編み込んである。

「わぁ、綺麗。この宝石は、もしかして魔石？　すごい、虹色に光ってるね」

ビビはきょとんとする。

「違うぞ。これは父から盗んだ指輪をバラしてつけたやつだ！　宝石の名前は知らないけど、なんか守りのまじないがかかってるらしいから、強力だぞ！　おかげで私もこの森で死なずに済んだしな！」

……。

「よ、よーし！　こうしちゃいられない。みんな、ちゃっちゃか動いてパーティーの準備するよー！」

心の中で念じる。聞いてない。私は何も聞いてないぞ……。


ウィルがいない間に、お料理と居間の飾りつけはばっちり整った。

居間の真ん中にドンと設置した8人がけの長テーブル。そこへ、コーネットの屋敷から持ってきた中でも一番高級感のあるテーブルクロスを敷き、花をふんだんに飾る。私とイヴで『創造』したユリの花だ。8月の誕生花。

ウィルのお友だちの小動物や魔物たちも、居間の飾りつけを手伝った。

小鳥たちは草花で作ったリーフを壁に飾り、猿やうさぎはキレイな木の実や落ち葉を床にばらまき……ってこれ、散らかしてるんじゃないよね？　飾りつけてるんだよね？

物言いたげな視線に気づいてか、「失礼な！」と言わんばかりに、お猿さんが鳴いた。その名もジョージ。前に、ウィルのお部屋でちょっと絡んだことがある。彼がリーダーか。……うむ、もう好きにやりたまえ！　それが君たちなりのお祝いのやり方ならば仕方ない。「キキィ！」と嬉しそうに鳴き、ジョージはまた仲間たちに指示を出す。

そうだ、みんなでお料理を作ってる時、実はひと騒動あったんだよね。騒動の中心人物は、スープ担当のビビ。野営で鍛えただけあって、ビビの〝包丁さばき〟や〝焼き〟の技術は素晴らしかった。……けど、味つけは壊滅的にダメ。味オンチではないんだけど、〝付け足し癖〟があるんだよね。塩と胡椒だけでいいところを、だんだんそわそわしだして、気づけば砂糖も醤油もドバドバ加えちゃってる。結果、とんでもない毒物ができ上がる……。

冒険者時代は野営の調味料を塩しか使ってなくて、ビビの悪癖に今回初めて気づいたというセオ。視線を合わせ、震える。大丈夫、気持ちは一緒だ。早いうちに軌道修正させないと、被害者は私たちだ！

《レベルアップ！『鑑定』レベルが6になりました。『遠視』機能が開放されました》

「どうしたんだい、ララ。ボーッとして」

アロンの声にハッとする。ウィルを探して森のあたりをじーっと凝視していると、突然、ずっと向こうの葉っぱの雫（しずく）まで見えるようになった。まるで、目の前にあるみたいに。

はるか遠い場所をさまよっていた焦点が、やっと近くのアロンに定まる。

「えと、『鑑定』がレベルアップして、遠くが見えるようになったの」

「『遠視』か」

アロンもハッとする。思わず、といった感じで浮かべた笑みは『勇者』伝説に心躍らせる少年そのものだ。今にも質問攻めが開始されそうな雰囲気だったけど、その隙（すき）はなかった。

「お誕生日おめでとう！」

待ち構えていた面々が、早々と、花びらのシャワーを舞わせる。

ウィルが帰ってきた。

サプライズ！　に、なるはずが……

「あのね、『ネズミのくーちゃん』（アロンがあげた絵本）にかいてあったんだけどね、おたんじょう日は、うんでくれてありがとうってママにかんしゃする日でもあるんだって。姉さまはママじゃないけど、でも、いつもおせわしてくれるから、これ、かんしゃのおてがみです！」

「えっ……」

ずっと練習していたのかもしれない。淀みなく言葉を言い切り、ふんす！　と満足そうに私に手紙を渡してくる。そう、私はまさかの逆サプライズを受けてしまったのだ！

「お、おい、ララ……？」

「ララちゃん……？」

泣きました。もう、号泣。

こんなの泣いちゃうに決まってるじゃん。

私はウィルに抱きついて、わぁわぁ、まるで子どもみたいに声を上げて泣いた。

「ひっく、よかったよぉ、わたし、ウィルのお姉さまになれてよかったよぉ。わたしの弟に生まれてきてくれてありがとうっ。幸せだよぉ……！」

私の泣き声につられたのか、ウィルのグリーンの瞳にも涙がじわっと浮かんで、わぁと声を上げて激しく泣き出した。

わぁわぁ、カエルもびっくりの泣き声の大合唱。あとで正気に戻ったら『亜空間ＮＯ・２』に〝おこもり〟したくなるくらい恥ずかしくなるのは分かってたけど、止まらない。ここぞとばかりに泣きわめく。溜まってた感情を、ぜんぶ吐き出すように。

ふいに、大きな体が私たちを包み込んだ。ハティだ。

「我が命に勝りしものたち」

つぶやかれた低い声は、少し掠れている。ハティもうるっときちゃってるのかも。顔を見ようとしたら、そうできないようにいっそう強く抱きしめられた。

イヴも加わる。ハティとは反対側から私とウィルを包み込んだ。

「わたしの愛しい子どもたち」

イヴは何度も何度も、私たちの頬や頭部にキスしてくれる。

ビビまで突進してくる。

「え、ちょ、ビビ様⁉」

セオもしっかり連れて、セオごと私たちをがっちりホールド。

「うえーん！　よかったなぁ！　ウィルもララも、なんてかわいらしい姉弟なんだぁ！　うちなんて、クソバカ兄貴たちしかいないのにぃ……！　ララの愛情見習えってんだよぉ……！」

「クソバカ兄貴がいるのはうちもだよぉ……」

ところで、セオが白目を剝いてるように見えるのは気のせいかな。圧殺されてない？

大きなおしくらまんじゅう。でもまだ、ひとり足りない。

「アロンも来て」

私は腕を伸ばし、アロンを輪に招いた。

アロンは一瞬ためらったけど、「まったく、仕方ないな」と笑みをこぼしながら私たちの輪に加わってくれる。

「あったかい」

えへへと、輪の真ん中でウィルが嬉しそうに笑った。

うむ、幸せ。


とそこへ、突然のお客様がやってきた。

「ややっ、もしやこちらは『勇者・コウタロウ』の末裔たるララ嬢のお宅かの？」

アシメっていうのかな？　左右非対称の水色の短髪に目元を隠した、ひょろっと体型の男の人だった。肩が出た水色と白の服は、神社の神主さんみたい。

「ちょっとそこまで散歩に出るつもりが、いやはや、意図せずここへ迷い込んでしまうとは……しかし、いい時に来たようじゃの。何やら祝の席のようじゃ。光栄に思うがよい、わしも参加してやろう」

少年と青年の間みたいな不思議な響きのある声。腰に手を当て、偉そうにまくしたてた。

この突然のお客様を、私たちはぽかんと見つめた。ええと……どちら様で？

彼の名前はレネ。かつて『勇者・コウタロウ』から名前をもらった〝水の神様〟だった。

「誤解しないで。わたしだって、コウタロウに名前をもらったわ。だけど、あの名前はコウタロウにしか呼ばれたくないの。だから、ほかには教えないだけ」
水の神様・レネの隣で、イヴは不機嫌に弁解した。変なところに対抗心を燃やしてる。

水の神様といえば、私たちは前にお世話になっている。ミミズ型の魔物が原因でウィルが病に倒れた時、水の神様はイヴと一緒に『エクストラポーション』を作ってくれたのだった。

『エクストラポーション』は、生物を〝死からも蘇らせる〟赤い薬。レシピが失われた神話級の薬だ！　とアロンが騒いでたっけ。結局、薬は使わなかったけど、私の『収納』に今も大事に保管されている。

「あの時は協力してくださって、ありがとうございました！」

ウィルと2人でお礼を言う。だけど、あれ？　反応がない。

水の神様はうつむいて、なぜだか震えてる。あばばば、とかなんとか言って、挙動不審。入ってきた時は偉そうな態度だったのに、急にどうしちゃったんだろう。……ついでに、ビビとセオも震えてる。新しい神様の出現に、緊張しているみたい。遠巻きに、チラチラ見てる。

「水の神だと」

「ええ、これでお会いした神は3柱ですね！」

「子孫に語り継がねば！　ありがたや、ありがたや」

……いや、歓喜の震えだったみたい。前は「ひぇぇぇ！」とか叫んでぶっ倒れてたのに、慣れって怖いね。

水の神様のひとり言で、挙動不審の理由が分かった。

「なぜ獣の神がおるのじゃ。あばば、これはまずいところに来てしもうた……」

水の神様はハティを怖がってるんだ！

「お前は相も変わらず弱ミソだな」

「お主……こそ……相変わらず目つきの悪い……」

「ああん？」

「な、なんでもないのじゃ……！」

大昔、水の神様はハティにちょっかいをかけて返り討ちにあったらしい。それがトラウマで、極力近づかないようにしてたのに、こうして鉢合わせてしまったと。ハティの睨みにびくびく。

ちょっと可哀想になった。

「睨まないの！」

「……大人しくしているなら、何もしない」

ふい、とハティが顔をそむけ、水の神様は少しだけほっとする。

「わしのことは〝レネ〟と呼ぶがいいぞ、ララ嬢。堅苦しいのは嫌いじゃ」

「じゃあ、私もただのララで」

あらためて薬のお礼を言うと、水の神様は「よいのじゃ」と初めて笑顔を見せてくれた。その時前髪が割れて、おや、と思う。一瞬見えた瞳は、不思議な琥珀色だった。

「今日はな、これを渡そうと思ってやってきたのじゃ」

レネは短い呪文を唱えた。すると、

「わぁ！」

私たちは目を見張った。床の一部がぐるぐる渦を巻いて、ザァアと水が湧き出したのだ。底が見えない、大きな水たまり。レネはそこに手を突っ込んで、何かを引っ張り出した。

大きな……黒いゴミ袋？　床に置くと、ガシャンと重そうな金属音がした。

『勇者の遺産』だと、レネは言った。イヴがぴくりと反応する。

「あなたが持っていたの⁉」

「あやつが貴族になる前に、わしに託したのじゃ。防具、剣、各地で集めた薬、細々した冒険道具。色々ある。ぜんぶわしの中に置いてった」

真っ赤な顔をして黙り込むイヴには、色々と思うところがあるようだ。

神様たちと『勇者・コウタロウ』の間には、私とウィルでも入り込めない絆がある。特にイヴは。彼とは恋人だったと語って以来、イヴは勇者との思い出をあまり詳しく語りたがらない。

時々ぽろっと名前が出ることはあるけど。

「おぬしの冒険に役立つじゃろう。わしからの誕生日プレゼントじゃ」

「ありがとう、レネ」

レネはウィルのハグをぎこちなく受け止めた。少し寂しそうにつぶやく。

「ふふ……この感じ、久しく忘れておったわ」


レネは食事もそこそこに、すぐに帰るという。やっぱり、ハティが怖いみたい。

そうして、庭に見送りに出てびっくり。ログハウスの裏に、20m四方の池が出現していたのだ！　透明度が高いのか、水が青く見える。

「これはわしからのもうひとつの贈りものじゃ。わしが住む川と直結しておる。魔物はおらぬが魚は豊富じゃ。釣りでもして楽しむがよいぞ」

ポチャン。

軽い音を響かせて、レネは池の中に消えた。最後に何かぼそっとつぶやく。

「これでまたいつでも、わしが遊びに来れるでの。ひひっ」

「さ、パーティーの仕切り直しよ」

イヴが私たちに明るく呼びかけた。

夜遅くまで続いたパーティーを終え、みんなは疲れて眠りについた。
私はツリーハウスのブランコに揺られながら、ウィルからもらった手紙を読んでいる。

『姉さまへ
いつも、いっぱいあいしてくれてありがとう。おいしいごはんもありがとう。ぼくはまいにち、とってもたのしいです。

おおきくなったら、けんしになって、いっぱいお金をかせいで、姉さまにらくをさせます。

姉さま、だいだいだいすき。ずっといっしょだよ。

ウィル・コーネット』

字がだいぶ上手になってる。いっぱい、練習したんだろうな。

ニヤニヤしすぎて、顔の筋肉が変になってきた。表情を引き締めようと唇をすぼめても、すぐに緩んでしまう。

「んっ。くすぐったいよ」

「もう100回は読んだろ。そろそろ俺の相手をしてくれ、ララ」

お腹に回された腕にぎゅうと力がこもる。

ブランコには、ハティに抱っこされた状態で揺られていたのだった。

「今夜は俺を甘やかしてくれるのだろう？」

そう、そういう約束だった。ウィルをログハウスから連れ出すために1日じゅう私と離れることになるから、夜寝るまでの時間はハティにあげる。

2人きりになるのは久しぶりだった。ちょっと……ううん、かなり緊張してる。うるさく鳴る心臓の音が、どうかハティには聞こえませんように！　……無理か。無理だな。狼は人の何倍も耳がいいし、そもそもこんな爆音、耳をふさいでいたって聞こえるだろう。

「なんか怖いな。幸せすぎて。どこかに落とし穴がありそう」

「心配ない。俺がついてる。それに、あの者たちも。俺の力が及ばぬ時は、助けてくれるだろう」

「ん」

目元にキスされる。本当に、ずっと、こんな幸せな日々が続けばいいな。

「そういえば、ハティはウィルに何をプレゼントしたの？」

「〝なんでもひとつ願い事を聞いてもらえる権利〟だ」

「冗談？」

「それがほしいと、ウィルが願ったのだ」

「変なの」

私は笑う。何を頼まれるか気が気じゃない、とハティも笑った。

ウィルは一体、何を願うんだろう。

ぼんやりと空に浮かぶ欠けた月を見上げた。

第6章　オトヅキの街へ

ログハウスに飛び込むと、真夏の陽気でほてった体を涼しい空気が包み込んだ。キッチンで作業中のアロンを見つける。

「ねぇ、アロン！　すっごいの作ったの！　来て来て！」

満面の笑みで駆け寄ったのに、アロンの返事はそっけない。

「今お仕事中です」

「え……」

「『何言ってるの、頭大丈夫？』みたいな顔するのやめてくれない？　すごく傷つくから」

「だってアロン、今仕事してないでしょ。お薬売りに行けないし」

「それでも薬は作ってるし、研究だってしてるんだよ。君には、薬草を刻む私の手元が見えていないのかい？」

「いいから来て」

手を引いて無理やり連行しようとすると、ぐふっ！　とアロンが変な声を上げた。……やだ、もしかしてスキル『怪力レベルＭＡＸ』のせいで必要以上に強くつかんじゃった？

「まったく。レディなのだから少しは慎みを持った行動をしなさいと毎日――」

腕をさすって文句を言いかけたアロンは、裏庭を見た瞬間、言葉を詰まらせた。

「う、わ……」

アロンが言葉を失うのも無理はない。

藤の花が咲き乱れるテラスと、青い池を囲むカバノキ、ボートの浮かぶ船着き場。視線の先には今朝までとは別世界の光景が広がっているのだから。

「どう？　雰囲気あるでしょ」

ここは『憩いの場』。せっかく池があるのだし、眺めながらお茶を飲めるスペースがあったら素敵だなぁと思って、イヴと2人で作ったんだ。小舟と船着き場は、イヴが片手間でついでに。ウィルやビビなんかは、大喜びで遊ぶだろう。

藤の花に囲まれたテラスで、イヴが紅茶を飲んでいる。立ちすくむアロンをあざ笑うかのような優雅さだ。

「あら、意外と落ち着いてるわね」

憎まれ口を叩くイヴの向かいに腰かけながら、アロンは苦笑する。

「さすがにもう慣れっこですよ。いちいち騒ぐのは疲れる。変化は楽しんだほうが勝ちだと悟りました」

私はいそいそと『収納』からクリスタルの器を3つ取り出した。薄桃色のアイスがこんもり盛ってある。イヴが瞳をきらめかせた。

「まぁ、かわいい！」

「これは『桃のシャーベット』。牛乳とコンポート……桃の砂糖煮を潰して混ぜ込んで、凍らせたの」

夏はやっぱりアイスだよね！

この世界では、氷菓子は高級品だ。地下に氷冷室を持つ貴族でも、そう簡単には食べられない。冬の間に湖から切り出した氷で冷やす氷冷室は、夏場にはほとんど氷が溶けてしまって、あまり使いものにならない。だから夏場に氷菓子を作って食べる、というのは最高の贅沢なんだ。ま、うちは季節に関係なく氷菓子くらい簡単に作れちゃうけどね。そう、『冷凍庫』で！

「はふぅ。真夏に木陰で涼みながら、キンと冷たい氷菓子を食べる。最高に贅沢ねぇ」

「でしょう？」

頬に手を添えて緩む笑顔を浮かべるイヴの横で、「うっ……」とアロンが苦しげにうめく。こめかみを指で抑え、目をぎゅっと閉じて……ああ、なるほど。キンときちゃったみたい。

それで、とアロン。

「何か話があるんじゃないのかい？」

私は目を見開いた。

どうして分かったんだろう。

「ずっとそわそわしてる。君は分かりやすいって、言ったでしょ」

ふぅと、苦笑い。

「アロンにはかないませんなぁ。実はね――」

私は話した。ウィルに『判定式』を受けさせたいと思っていること。そのために、街の教会に行きたいこと。

コーネットから逃げ出した当時は6歳だったウィルも、ついに7歳になった。7歳といえばそう、『判定式』を受ける歳。

私の『鑑定』でウィルの能力は判明してるんだから、わざわざ受ける必要ないよね？　って思うかもしれないけど、それでも受けさせるべき理由があるんだ。

『判定式』の結果は、そのまま身分証明書になる。私は、この身分証明書がほしい。

この世界で生活していくうえで、証明書は、さまざまな場面で提示が求められる。たとえば宿に泊まる時、家を借りる時、就職する時。国に属さない中立的な組織である冒険者ギルドの登録にだって、必要となる。剣士として個人でやっていくにしても、身分証明書がないことには雇ってもらえない。

これはウィルの将来に関わる問題なのだ。夢見る通り剣士になれても、働き口がないんじゃひとり立ちできない。

「ウィルに『判定式』を受けさせなきゃ。そのためにもう一度、ミナヅキ王国に行きたいの。あそこなら、他国の子どもでも『判定式』を受けさせてもらえるんでしょう？」

『判定式』は、優秀な人材を発掘する、国の重要な制度だ。優秀な人材が他国に流出するのを防ぐため、色々なルールが厳しく定められている。「自分の国以外で『判定式』を受けるべからず」のルールもそのひとつ。家に送付される赤紙と引き換えに、間違いなく『判定式』を受けたかどうか、国に集計される。

そんな中、ただ一カ国、ミナヅキ王国だけは『判定式』に厳しいルールを設けていない。

商業国であるミナヅキ王国は外国人の出入りが盛んなので、『国籍』でしばる政策を採用してないんだ。

「……ミナヅキ王国か」

「そう、アロンの故郷」

「今行動するのは、危険じゃない？」と、イヴはしぶる。

「でも、『判定式』は7歳をすぎると一生受けられないって聞くし」

「ああ、『鑑定石』が反応しなくなるんだったね」

「変装して、用心するつもり。ほら、『勇者の遺産』の中に、ウィッグとか入ってたし」

水の神様・レネがくれた袋には、たくさんの変装道具が入ってた。勇者といえども、黒髪・黒目の容姿では、やっぱり生きにくかったのかな……。

難しい顔で考え込んでたアロンだけど、

「分かった。私も協力しよう」

最後にはそう言ってくれる。

「ノヴァ侯爵領内にある教会へ向かおう。私が案内する」

「ええっ！　追手のお膝元じゃん！　見つかっちゃうよ！」

びっくりもするよ。ノヴァ侯爵領といえば、アロンの実家だ。自分から敵地に乗り込もうなんて！

「灯台下暗しだよ。まさか、私が屋敷の近くをうろついてるなんて、ミカエルでも考えない。……それに、父上が不在で街の管理がどうなってるか、様子を見ておきたいしね」

「変装にはわたしも協力するわ。コーディネートは任せて」

イヴもそう言ってくれる。

「ありがとう。じゃあ、決まり。決行は、来月ね」

こうしてウィルに『判定式』を受けさせるため、ミナヅキ王国・オトヅキの街へ向かうことが決まった。

危険な橋を渡ることになるけど、仕方ない。ウィルの将来のために、必要なことだもん。


話が一区切りついたところで、「たっだいまー！」と元気な声が飛び込んできた。

チャカチャカ。防具のこすれる音が近づいてくる。森からみんなが帰ってきたんだ。

ビビ、セオ、ウィルは、このところ毎日魔物と戦い、熱心に修行に取り組んでいる。そうして、戦闘スキルのレベルアップに必要な〝経験値〟を積んでいるんだ。ハティも、３人が無茶しないように教官としてついて行ってる。

狼の姿をしたハティが頬をすりよせてくる。

「おかえり、ハティ」

「ああ、ただいま」

ハティはそのまま私の椅子を守るように腰を下ろす。今日は狼の姿でいたい気分らしい。藤棚の木陰に寝そべって涼む気持ちよさに、早くも気づいたのかもしれない。

「わぁ、おふねがあるよ！」

ウィルがさっそく池に浮かぶ小舟を見つけて騒いでいる。その声につられて、小鳥たちがウィルの頭上へ飛んで行った。「おかえり！」「おかえり！」と熱烈な歓迎ぶり。花々が咲き乱れる池の畔で小鳥とたわむれる天使……いや、妖精さんかな？

「どうだ、ララ。〝レベルアップ〟したか!?」

ビビが食い気味に聞いてきた。

「うわ、顔じゅう泥んこだね」

「今日の戦いはいつも以上にハードだったからな。だが、そのおかげで強くなれた気がする！蜘蛛の魔物、アラクネとも互角に戦ったのだぞ！」

えっへん！　とビビが鼻を掻く。泥の汚れがますます広がった。

私はさっそくビビに視線を固定して『鑑定』をかけた。

「うーん、残念だけど『剣術』レベルは7のままだね」

「な、なんでだー!?　あんなに頑張ったのに……」

「オレは？」

かっこいい仕草で盾を回して、背中に装着するセオ。おお、様になってる。

「セオの『盾術』は、おっ、1つ上がってる。レベル6だよ！　おめでとう」

「おっしゃ！」

今でこそ、スキルのレベルで一喜一憂するビビとセオだけど、もともとは〝レベルアップ〟の概念すら知らなかった。

それもそのはずで、『鑑定』は人生に一度きり、7歳の『判定式』でしか受けない。だから事あるごとに『鑑定』をかけて成長を具体的な数値で把握する、という習慣がないのだ。戦いに勝ったらなんとなく強くなった気がする、そんなふうに感覚的に思ってるだけ。

でも、今は、私のスキルで毎日『鑑定』を受けられる。成長が数値として目に見えるとやる気もアップするみたいで、ビビたちは張り切って経験値を積んでいるというわけ。

「ぼくは？」

ウィルが膝に飛び込んでくる。

「ウィルはね……わぁ、『剣聖』レベル4だよ！　一気に2つもアップしてる！　何したの？」

「えへへ。オーガをたおしたの」

「オーガって、鬼の魔物の？」

驚く私に、「本当にすごかったぞ！」とビビが口を挟んだ。

なんでも、今日のウィルはハティに聖剣の使用を禁止されていて、ただの木刀で戦ったそうだ。森の王者とも呼ばれているオーガ相手に！　血の気が引く話だけど、特に私が心配するような展開はなかったらしい。怪我ひとつなく、あっという間に倒してしまったと、ビビは興奮気味に締めくくる。

「また新たな伝説ができたな！」

「また？」

「１つ目の伝説は、『ジャイアントベアーをフォーク１本で倒した伝説』だ！」

そんなこともあったなぁ、と懐かしい。

「でもあのオーガ、すっごくつよかった。ツノがかっこよくてね、こんど〝すでたたかうほうほう〟をおしえてくれるって。それでね――」

続くウィルの〝お願い〟に、私は目を丸くした。

「あのひと、ドームに入れてあげてもいい？」

見れば、ドームの外に赤い肌の大柄な人影がある。

「連れて来ちゃったの!?」

「ああ、いいやつだぞ」ビビもけろっとしてる。

私は絶句した。

……君たち、非常識に慣れすぎだよ!!

セオも、ハティも、イヴも落ち着いてて――唯一アロンだけが顔を青くするのを見つけて安心する。これが〝ありえない〟事態って認識は、間違ってないようだ。

「殺したんじゃないのか？」とアロン。たしかに「倒した」って言ってたもんね。

「戦ったってことは、最初は敵対してたんでしょ？　どうして、仲よしになっちゃってるわけ？」

「叩きのめしたら、負けを認めて降参したぞ」とビビ。

「ええ……」

「ま、殺さなくても戦いに勝てば〝経験値〟が得られると分かったのは収穫だったな！　ウィルくんも、気持ち的にずいぶん楽になるんじゃないか？」

ビビの指摘にハッとする。

その通りだ。強くなりたいから、魔物と戦って修行する。でも、魔物と会話できるウィルにとって、魔物を殺すのは人一倍つらい……。殺さなくても強くなれるなら、それが一番だ。


「でかい……」

2m以上ある赤色の巨体が、目の前に迫る。ウィルの眷属になることを条件にドーム入りを果たしたオーガは、ウィルを肩車して庭を練り歩いてる。牙や角があって見た目は怖いけど、優しい性格みたい。お花を摘んで、ウィルに渡してあげてる。怖いポイントに惑わされなければ、姿は思ったより人間っぽいかもしれない。でも……、

――この光景を外の人間が見たら、びっくり仰天するだろうなぁ……。

ハティの背中にまたがり、見上げても果ての見えない塀をひとっ飛び。誰もいない裏路地に音もなく着地すると、遅れて私たちの存在に気づいた鳩が、ばばばばと慌ただしく空に飛んでった。

アロンが侯爵になったら受け継ぐはずのノヴァ領、『オトヅキの街』にはすんなり入れた。

『ついた？』

頭の中にウィルの声が響く。

『気をつけて』

アロンの声も、同じところから聞こえる。

ウィルとアロンは今、『亜空間NO・2』にいる。出発前に『収納』してきたんだ。

『亜空間NO・2』は、生命体も収納可能。その空間で問題なく安全に過ごせることは、検証済み。ここに入っている限り、人に姿を見られることはない。

ちなみに、ビビ・セオ・イヴは拠点でお留守番。もし何かあった場合に全員で捕まるより、救出に向かえる人員が別に残っていたほうがいいという判断だ。これはセオの提案。さすがは元・近衛騎士団の副隊長で冒険者。人との戦い方を心得てる。

ハティの人化を待って、私たちはそそくさと行動を開始した。

ローブを脱いで、平民風の格好をあらわにする。広がった私の髪は、薄茶色。ハティは赤毛。どこへでも紛れ込める、ありきたりな庶民色。髪はウィッグだ。これは勇者・コウタロウの持ちものだった。この世界のウィッグは貴族しか手に入らない貴重品なので、助かる。さすがにカラーコンタクトは『勇者の遺産』の中にもなかったけど、黒目は遠目に見れば暗い茶色に見えなくもないし、前髪で軽く隠せば問題ないかな。


ゴーン、ゴーン――

正午を告げる鐘の音が響いた。そう、私たちは真っ昼間に〝不法侵入〟してる。人の多い時間だけど、教会が開いてる時間じゃないとダメだからね。

この街に来た目的は、ウィルに『判定式』を受けさせること。

でも、その前に――

『路地を右に進んで。〝七つ通り〟に出るはずだ。通りを抜けると、市場に出る』

市場で買い物だ！

この際せっかくだから、必要な物資を買い溜めておこうと思う。

「2人きりで出かけるのは初めてではないか？　楽しいな」

ハティははしゃいでる。赤毛のハティって、なんか変な感じだ。少年っぽいボサボサの短髪のせいか、普段より若く見えた。

「遊びに来たんじゃないんだよ？」

そうたしなめつつ、私もワクワクしてた。これってつまり、デートだもん。

ぶわっと頬が熱くなった。

ダメダメ、ほんとにお遊びじゃないんだから！　気を引き締めないと！

「少し舞い上がりすぎた。許してくれ。今日1日ララをひとり占めできると思うと、どうにもな」

ハティが照れたように言うから、

「……羽目を外しすぎない程度に、楽しもうね」

「うむ！」

満面の笑みで、白いしっぽをぶんぶん振る。

「ダメだよ、ハティ！　しっぽ引っ込めて！」

「あ」

ハティは慌ててお尻を押さえる。いつも無自覚に出しちゃうんだよなぁ。

『もしもし、こちらにも会話が聞こえていることをお忘れなく』

そうだった。今回のお出かけは、完全に〝2人きり〟じゃない。『亜空間NO・2』で聞き耳を立ててる人たちがいるってこと、忘れないようにしなきゃ。

〝七つ通り〟に入ったと報告すると、

『噴水の正面にアーチのかかった道があるでしょう？　時計台のほうを目指してまっすぐ進んで』

「分かった」

アロンの指示に頷いて答える。『亜空間NO・2』にいるアロンには、外の景色は見えない。街の喧騒や私とハティの会話を頼りに、〝道案内〟をしているのだった。

「やつは何と？」

「そこのアーチの道をまっすぐって」

それから、『亜空間NO・2』の中にいる者が発する音はスキルの所持者である私にしか聞こえない。道行く人々やハティには、アロンとウィルの声が聞こえていないんだ。

『わーい！　またぼくのかち！』

『なっ、なぜ……』

『こゆびがちょんってあたってたよ』

『くっ……』

　こんなふうに積み木遊びで騒ぐ声も、私以外には聞こえてない。


　市場での買い物は、急ピッチで終わらせた。しばらく買い物に出てこなくてもいいように、必要なものはだいたい箱買い。買っては裏路地に持ち運び『収納』して、を繰り返す。

　怪しまれないように、色んなお店をちょこちょこ回って買い物をした。バター、チーズ、パン、肉、醤油、味噌、砂糖、酒、スパイス類。自分じゃ作れないものを中心に大量買い。

　それから、市場の端でカゴを並べてたおじさんから〝ある生物〟も購入。コケーッと鳴く彼らをすみやかに『亜空間NO・2』へ収納。『わぁ！』『げっ』って、それぞれの反応が聞こえてきて、にやりとする。しばらく仲よくしててね。

　スパイス屋さんに入った時、「冬ごもりの準備かい？」って、店主に聞かれた。購入した大量の塩を見て、「燻製肉を作るんだろう？」。そうなんですって答えるまでに、ちょっと時間かかっちゃった。

　燻製肉を作ったり、野菜を干したり、この世界の冬ごもりの準備はとても大変。冬場は食料が手に入りにくいから、大量の保存食を作るのだ。

コーネットの屋敷にいた頃を思い出す。使用人たちに仕事を押しつけられて、私も指先にひび割れを作りながら頑張って準備したっけ。こしらえた食料のほとんどは、私とウィルの口には入らなかったのだけど。

——そんな当たり前の冬ごもり準備の大変さを、私はすっかり忘れていた。

時間停止機能つきの『収納』と『冷凍庫』があって、野菜は常に新鮮なものをいつでも『創造』できる。そんなイージーモードな生活を続けているうち、「日持ちする食料を確保しなきゃ！」って考えが抜け落ちてたんだ。

久しぶりに実感する。うちは普通じゃない。

それにしたって、冬ごもりの準備には早すぎると思うけど。まだ9月になったばかりだし。

それから適当に入った服屋で、家族全員分の秋・冬用の下着や服を買った。子ども用の赤いマントがあったので、それも購入。ウィルに着せたら絶対かわいい。

『君のセンスに任せるのは不安だなぁ』

聞こえてるよ、アロン！　あ、聞かせてるのか。

大丈夫。イヴのファッション指導で、美的センスはだいぶ磨かれてるはずだから。

と、服選びに夢中になっていると、ハティが女の店員さんたちに捕まってしまった。白銀の長髪を封印したところで、ハティの美貌はまったく損なわれていない。それどころか、庶民的な格好をしているせいで親しみやすいイケメンに変貌してるから大変だ。

ちょ、人の彼氏にベタベタ触らないでよねっ！

「あなたぁ～」

わざと甘えた声を出してハティの腕を絡め取る。

「この下着、どうかしら？　グッとくる？」

スケスケえろちっくランジェリーを指でつまみ上げて、体に沿わせてみせる。

ぐふっと、ハティが変に咳き込んだ。すぐに持ち直してたけど、明らかに動揺してた。ちょっとにんまり。

「最高だ。しかし造りが繊細すぎるな。これでは一晩で使いものにならなくなってしまう」

ずくんとお腹に響く甘い声。〝俺がビリビリに破ってしまうからな〟って、耳元でささやかれる。お、思わぬ反撃！　私の頬は真っ赤になってしまった。

女の店員さんたちが悔しそうな顔で撤退していく。とりあえず、店員さんを蹴散らすことには成功。

「買わないのか？」

私が棚にえろちっくランジェリーを戻すのを見て、ハティが残念そうに聞いた。

「か、買わないよ！」

「そうか。見たかったな」

「……」

こっそり、えろちっくランジェリーをレジへ……。

い、いつかね！　そう、ハティとの約束の1年後、来年の夏あたりに使うかもしれないし？　その時子どもっぽい下着じゃちょっとね。これは大人の女として当たり前の準備なんだ、うん。だから恥ずかしくないぞ！（『亜空間NO・2』の中からこっちの様子が見えなくてよかった！）


教会に行くのは午後4時頃の予定。まだ時間があるので、休憩を取ることにした。

『亜空間NO・2』から出た2人が、青空に向かってぐーっと伸びをする。

アロンもウィルも、栗色のウィッグをつけている。それだけでだいぶ印象が変わる。アロンはかなり地味に。ウィルは浮世離れした天使感がちょっぴり薄れてる。これなら追手にも気づかれないね。

「あ」

突然、ウィルが何かに気づいたような声を上げる。と思ったら、走り出した。

「ウィル⁉」

路地裏へ、小さな背中が消える。

「追いかけよう！」

ハティに続き、私たちも慌てて足を動かした。


「だいじょうぶ？　おなかいたいの？」

ウィルはひとりの孤児の前にしゃがみこんでいた。すぐに追いついたので、ほっとする。

路地沿いにある崩れかけた家々から、いくつもの目がのぞいていた。汚れて黒くなった肌の中で、そこだけが異様に白い。たくさんの孤児が、私たちを睨んでいる。

異臭が鼻を突く。ここは……貧困街？　でも、子どもしかいない。

ジャラジャラ、ウィルは孤児の前に小石を積み上げた。

「これ、あげる」

「……あれ、宝石じゃない？」

「奇遇だね。私も今そう思ってた」

ウィルが作った小山。

よく見ると、それはさまざまな色合いの宝石だった。

私はおそるおそる聞いた。

「ウィルくん、それどうしたのかな……？」

「おたんじょう日にいーっぱいもらったの」

そっか～　ふふふ～　よかったね～

じゃ、ないよ！

ダメだ、ウィルの笑顔は魔性だ。思考が溶ける。

「ああ……やつら、何やらこそこそとやっていたな」

ハティが言って、私もようやく思い出した。ウィルの誕生日、小動物たちが競うように何かを貢ぎまくってた様子を。

あの時かー。何をあげてるのかよく見えなかったけど、あの子たち、森で見つけた宝石をプレゼントしてたのか。宝石の小山に『鑑定』をかけたら、すごい結果が出るんだろうなぁ。実際、出た。ちらっと一粒『鑑定』してみただけなのに、《アレキサンドライト一億五千万円》。

ひえっ！

まったくもう、困るよ君たち！　ウィルのこと大好きで、いっぱい貢ぎたくなる気持ちは分かるけどさ！　このままじゃウィルの金銭感覚が狂っちゃうじゃん！

「人間はみんなこれがすきだって、言ってたよ。これをうると、いっぱいお金もらえるって」

ウィルの発言がもたらした効果は、絶大だった。私たちを遠巻きにしていた孤児がみんな出てきて、我先にと宝石を懐に詰め始めたのだ。

びっくりした様子で固まるウィル。鬼気迫る勢いに、私もたじろいだ。

「ダメだよ」

アロンの声に、孤児たちがびくっと肩を震わせる。しかし、宝石を集める手は止まらない。

アロンは孤児の前に膝をつき、優しく語りかけた。

「その宝石は、君たちには毒だ。誰かに売ろうとしても、なぜ孤児がこんなに高価な品を持っているのかと、盗みを疑われる。兵に突き出されたら、キツいお仕置きが待っているよ」

ウィルがぎゅっと、アロンの上着をつかむ。ごめんなさい、と涙目。

「ぼく、この子たちをたすけてあげたかっただけなの」

アロンは微笑んだ。

「いいんだ」

それから私に視線を向ける。

「彼らに必要なのは食べ物だ。ララ、少しだけ食料を分け与えてくれないか。料金は、あとで私が払うから」

「お金なんていらないよ」

私は『収納』からたくさんの食料を出した。パンとおにぎりは特にたくさん。〝もしも〟の時のために大量にストックしてある、大鍋いっぱいのシチューやミネストローネも。

その場はたちまち炊き出し場になった。

『収納』から次々と食べ物が出てくるのを見て、孤児たちは目を丸くする。「神様だ！」って、私たちを褒めそやす。『収納』持ちの勇者の存在を知らないらしかった。不思議な現象が起きたらそれは、ぜんぶ神様のしわざ。世にも珍しい『収納』持ちの人間がいると思われるより「神様がごはんくれた！」って勘違いしてもらったほうが都合いいので訂正しない。

パンを配るウィルは「天使様」と呼ばれていた。……正体、バレちゃってる！　あ、女の子たちがウィルを取り合ってケンカしだした。天使様は私に笑ってくれたの！　だって。ちょっと、ウィルの将来が心配になったよ。

「あのね、ちょっと前まではときどきごはんをくれるばしょがあったけど、さいきんはそれもなくなったって」

ウィルがトテトテと戻ってきながら言った。

孤児たちによると、ちょっと前まで領主の館からの炊き出しがあったので、飢えることはなかったという。それも、ある日突然なくなってしまった。

領主の館とは、ノヴァ侯爵家のことだった。つまり、アロンの実家。孤児たちの話を聞いたアロンは、難しい顔で何やら考え込んでしまった。

教会という場所は一度だけ、7歳の『判定式』で訪れたことがある。でも今回が初めてのような気がした。前世の記憶が戻る前の思い出は、やっぱり少しだけ遠い。

「わぁ、あれハティ？　おっきいねぇ」

ウィルの声が教会の礼拝堂に響いた。ああ、と答えるハティはなぜか苦い顔。

礼拝堂の左右の壁には巨大な石膏像が4体ある。その中には狼の像もあった。隣の美人像はイヴかな。バラのツルを体にまとっている。反対側の壁には、水をまとった美青年の像。あれはたぶん水の神様だ。像の髪は長いし、目元もちゃんと見えていて、本人とはだいぶ印象が違うけど。その隣は……ドラゴンの像だった。火の神様、かな？

「スゥだ！　なんでここにいるの!?」

「え？」

聞き返すと、ウィルは「あっ」と慌てた。話をそらすように「このドラゴン、ハティのお友だちだよね？」と振り返る。……むむ、怪しい。ウィル、なんか隠してる？

問い詰める前に、

「友だちだと？」

ハティが不機嫌に答えた。

「友だちなわけがあるか。俺はこいつのせいで力を失い、犬ころに落ちぶれていたのだぞ」

初耳だ。私が助ける前、怪我して森をさまよってたのは聞いてたけど、そういえばなんで怪我したのかは聞いてなかった。

「怪我の原因って、じゃあ、火の神様とのケンカ？」

「まぁ、そうだ」

ドラゴンと巨大狼のケンカ。激しそうだなぁ。地形くらい、普通に変えてしまいそう。そういう目で見ると、途端に、像のドラゴンが好戦的な顔してるように見えた。細められた目元とか特に……

ぎょろり。

「うえっ!?」

「ど、どうしたの、姉さま？」

「なんだ、幽霊でも見たような顔をして」

「い、今、ドラゴンの目元が動いた気が――」

あれ！　あれがね！　と説明する声が大きくなってしまった。

おや、と私の声に気づいた神官様が、正面の祭壇から振り返った。

「本日のお祈りの時間はもう終了しているのですが……」

あ。

いけない。これから最重要ミッションをこなさなきゃいけないのに、うっかり観光客モードになってた。

最重要ミッション。つまり、ウィルに『判定式』を受けさせ、身分証明書をゲットすること。

私は気を引き締めて、神官様に向き直った。

「お祈りに来たのではないのです。実は、神官様にお願いがありまして」

アロンによれば、礼拝堂は15時半に一般公開時間が終わる。その後、神官たちは全員寮へ帰る。掃除当番のひとりを除いて。現在の時刻は16時。つまりこの時間、礼拝堂にいるのは、本日の掃除当番である聖職者ひとりきり。

「ご相談、ですか」

「ええ」

私は神官様に笑いかけた。ウィルを前に出す。

「この子に『判定式』を受けさせてください」

「それはできません」

神官様の返答は、にべもない。

「来月、今年最後の『判定式』が開かれます。その日にお越しいただいて、みなさまと一緒にお受けください」

それじゃダメなんだよ。みんながいないところで〝個人的〟に儀式をやってくれなくちゃ。

「今、お願いしたいの」

「え――？」

神官様の戸惑い顔は、次の瞬間、驚愕に染まった。

その視線は、自らの足に徐々に絡みついていくバラのツルに集中している。ツルの出どころは、床。いつの間にか砕かれた、大理石の床だ。神官様が私を見る。目が合った。にっこりと笑いかけてあげる。――驚愕が疑問に、そして恐怖に変わるまで、そう時間はかからなかった。

「グルルル……」

すぐ隣で、ハティが体を変化させる。完璧な美丈夫から、恐ろしく巨大な狼に。神官様は今度こそ「ひっ」と短い悲鳴を上げた。

「神様のお願いも聞けないの？　神官なのに？」

つんとあごを上げて、自信満々に、イヴの姿を借りる。

スキル『植物創造レベルＭＡＸ』を持ってるのは世界中で私だけ。植物の女神様みたいに、自在に植物を生やせるのは私だけ。——イヴの象徴とも言えるバラのツルを足元から生やして見せれば、そりゃあ勘違いもするだろう。

「植物の女神様に、獣の神様——！」

神官様はガタガタと歯を震わせながら、ははーっとひれ伏した。

さあ、天罰を受けたくなかったら、身分証明書をよこせ！

『ノリノリで脅すなよ……』

呆れ調子なアロンの笑い声が聞こえてくる。

罪悪感はあるよ。ちょっぴり。

神官様にはこれから〝不正〟を働いてもらわなきゃならない。誰にも見られず、秘密裏に、ウィルの身分証明書を改ざんしてもらう。そのために、わざわざ個別の『判定式』をお願いしにきたんだ。

そこからの神官様は可哀想なくらい慌てて『判定式』に必要な準備を整えた。といっても、儀式用の服に着替えて、専用の聖書を出して、台座を磨くだけだけど。

「それでは始めさせていただきます。お子様をこちらへ」

ウィルを台座に導く。黒光りする、大理石のような盤。これが『鑑定石』。中央に手形が彫ってある。そうそう、ここに手を置くんだよね。そしたら台座が光って、名前と能力が浮き上がってくる。名前：ウィル・コーネット。魔法：なし。スキル――

7歳の頃の、遠い記憶を思い出す。あの時は、盤に刻まれた文字を読めなかった。理解不能な言語だったから。今は読める。――だってこの文字は『日本語』だ。

これは僕がスキル『鑑定』の能力を魔法で付与して作った『鑑定石』です。平民が中央機関で働く可能性を広げるために、世界中の教会に設置しました。誰もが気軽に自分の能力が測れて、強くなれる。そんな制度になればいいと思います。だけどもし、未来でこれが悪用されていたら、破壊してください。――まだ見ぬ予言の子へ。

17××年　長谷部　光太郎

――勇者・コウタロウだ。

『予言の子』って、何――？

その時になって初めて、台座の背後、礼拝堂の正面の壁に鎮座する、ひときわ大きな石膏像に目が止まった。5体目の神様の像。最も偉大な神とされる万物の神、創造神。植物も、水もまとわない。どこにでもいるような人間の男の姿をしている。

あのう、と神官様がおずおずと声をかけてくる。

ハッとして向き直る。

「なに？」

『判定式』は滞りなく終了していた。ウィルが大理石の盤上に手を置き、神官様が聖句を読んで、台座が光って。儀式自体は簡単なものだ。

『鑑定石』の結果を丈夫そうな用紙に書き写そうとする神官様の手が止まっていた。

「す、すみません、どうやら鑑定石の調子が悪いようでして。『剣聖』……『体力∞』……『真実の目』……『駿足』……。称号が4つなどありえない。ははは」

「記すのは、『体力∞』と『駿足』だけにして」

「は？」

「それから名前も〝ウィリアム〟と記載して。ただのウィリアムで」

神官様が焦りだす。

「いや、しかし、『判定式』の結果は一言一句そのまま書き写す決まりでして。苗字を消すと改ざんになってしまいます！　もしバレたら……わたくしは失職してしまいます！」

「できるでしょ。公文書改ざん、あなたたち得意じゃない」

途端に泳ぎだす神官様の目。

これは言いがかりじゃない。『盾術』のスキルを持っていたのに、〝無能〟と証明書を改ざんされたセオの前例がある。ほかにもそういうことがザラにありそうだ。

「それはっ、あの、その……」

「できるでしょう？」

「……はい」

こうしてウィルは文書上、平民の〝ウィリアム〟になった。

コーネットに繋がる『剣聖』と、他人に不信感を与えかねない『真実の目』という2つのスキルは隠す。名前は、少しでも本名の響きに近いものを。

これで、ウィルは将来的に平民に紛れて生活できる。顔が似ているという理由で、コーネットに正体を追及されても、証明書を盾に、知らぬ存ぜぬで貫き通せる。

ミッション、クリア。

「今回の文書改ざんの件は、秘密よ」

こくこく、神官様が頷く。

「それと、今後はたとえ貴族や王族の圧力があったとしても、文書改ざんを行うことは許しません。――いつも、見ているわよ」

完全に、自分たちのことは棚上げである。でも、ウィルのは身を守るためだから……光太郎さんも怒らないよね？　他の〝悪用〟はたぶん今日この場限りでなくなると思うから（なんせ〝神様〟に釘を刺されたんだからね）、許してください。

手に入れた〝ウィリアム〟の『身分証明書』を片手に、せかせか走る。

「はぁ、緊張した！」

「頑張ったたな」

「姉さま、かっこよかった！」

教会を出たところで、ハティとウィルがねぎらってくれる。

〝脅す〟姿をかっこよかった、って褒められるのは、ちょっとフクザツな気分だけど……。憧れの視線を向けられ、冷や汗。脅し、ダメ、絶対。ウィルに言い含めなきゃ。教育に悪いとこ見せちゃった。やむにやまれぬ事情があったとはいえ。

『亜空間NO・2』から出てきたアロンが「お疲れ様」と言ってくれて、一気に脱力。「いい演技だったたでしょ？」なんて、軽口を返せるくらいに気が抜けていた。そんな時。

「この子、どこかで見ませんでしたか？」

必死な形相の女の人にすがりつかれ、私たちはぎょっとした。目の粗い茶色い用紙を渡される。人相書きだ。そこに描かれた人物を見て、固まる。

「娘なんです！　半月ほど前から行方不明で。どこかで、見ませんでしたか？　思い出してください！　どんな小さなことでもいいんです！　……娘、なんです……」

黒髪のかわいい女の子が、人相書きの中で笑っている。

§　§　§　§

ララたちが礼拝堂を出たあと――

「大変だっ」

ウィルの『判定式』を執り行った神官が、教会の事務室に向けて駆け出した。

約２００年ぶりとなる神々の降臨、そして〝勇者〟の出現を、神官長に伝えなければならない。もちろん、文書を改ざんした件は秘密にする。誰かにしゃべるなど、神のたたりにあいそうで恐ろしくてできない！

しかし、スキルを２つ隠したとはいえ、あの少年はもう2つのスキルを文書に記している。

『体力∞』と『駿足』。スキル2つ持ちなど、伝説の勇者以来だ！　十分、〝次代の勇者〟として報告できる。――証明書の控えを持ち、神官長室へと急ぐ。

ゴゴゴゴ、バキッ、ポキッ
地面が揺れ、神官は足をもつれさせて転んだ。おそるおそる音の発信源に顔を向ける。

ああ……、なんという日だ……、
そこには、礼拝堂を壊して外へ出ようとしている巨大なドラゴンがいた。火の神の像、だったもの。石膏で白く固められていたはずのそれが、動き出している。パラパラと表面が割れ、空洞のはずのそこから赤い鱗が現れる。細められた金の瞳が、神官をとらえた。

「ひ、ひぃぃぃっ！　お許しをぉぉぉっ！」

天井を突き崩し、ドラゴンは屋外へ飛び出した。

その日、白昼堂々空に現れたドラゴンと、教会が出した〝勇者出現〟の発表に、街中の人々は熱狂に沸き上がった。


【ウィリアム：スキル：『体力∞』『駿足』】

〝次代の勇者〟と認定。

同時に、「魔王復活か!?」という不穏な噂が流れ始める。今後そう遠くない未来に何かが起こる、と誰もが予感した。きっと伝説として語り継がれていく大事件が！　――幸運にもこの時代に生きる我々は、新たな歴史の目撃者になるのだ。事件に巻き込まれる不安よりも、圧倒的に興奮が勝っていた。

街の上空で、1羽の鷹が家路を急いでいた。ふっと後ろを振り返り、つぶやく。

「教会の建物は壊しちまったが、ニンゲンに怪我はさせてねぇし、セーフだろ」

神様のルール、人を傷つけるべからず。それを守りつつ、少しくらいの火遊びは許されるだろうと、彼は考えている。じゃなきゃ、永遠ともいえる退屈な時間をしのぐ術がない。昔は一緒に遊んでくれる友がいたが、やつは変わってしまった。もう遊んでくれない。彼を避けるように、離れていった。きっかけを作ったのが自分だということは、分かっている。納得はしたくないけれど。

「あいつ……俺のこと友だちじゃねぇって……まだ、怒ってんのかなぁ……」

はぁ――

ついたため息が、雲に溶ける。

§　§　§　§

居間の絨毯の上。狼の姿をしたハティを枕にウィルが眠っている。久しぶりの長旅で、疲れちゃったみたい。あやしていたはずのハティも、いつの間にか眠っている。

「そう。黒髪の女の子が行方不明に……」

例の人相書きを見つめ、「なんだか、嫌な予感がするわね」とイヴが表情を暗くした。

「うん。偶然だって思いたいんだけど。まさか、私と間違えられて誘拐された、なんてこと、ないよね？」

「それはないよ」アロンがきっぱり否定する。

「人相書の少女は幼い。いくらなんでも、14歳のララと間違ったりしないと思うよ。瞳の色だって違うしね」

「そうだよね……」

人相書きの備考欄には「9歳」と書かれていた。瞳は赤みがかった茶色で、そばかすの散った女の子。たしかに、私とは似ていない。

「だけど、女の子が消えるなんて物騒ね」

「昔はまだ、治安のよい街だったのですが……」

イヴのぼやきに、疲れたようにアロンが答えた時、

「夕飯できたぞ〜！」

ビビとセオが呼びに来る。旅帰りの私たちを気遣って、２人が食事を作ってくれていた。昼間に裏庭の池で釣った魚がメインディッシュ。塩焼きがいい！　と頼んだけど、漂ってくる匂い的に、絶対塩焼きじゃない。……うう、またビビの悪癖が発揮されたんだ。


その夜、私は眠る前にイヴのソファを訪ねた。みんなはそれぞれ寝室に引き上げている。

「あのね、聞きたいことがあって」

「何かしら」

「『予言の子』って何？」

イヴの顔から笑みが消えた。

「どこで聞いたの」

「教会の『鑑定石』に書かれてたの。コウタロウさんが書いたみたい。サインがあった」

『鑑定石』に彫り込まれた〝長谷部光太郎〟さんの文字。――予言の子へ。私が見つけたメッセージについて話すと、イヴはどこか諦めたように教えてくれた。

「『予言の子』というのは、何百年かに一度現れる『魔王』を倒す人間のことよ。つまり人間が言うところの『勇者』ね」

「それって、もしかして私のことだったり、する？」

『鑑定石』を見た時に思った。日本語で書かれた『予言の子』へのメッセージは、私に向けて書かれたみたいだって。この世界の誰でもない、元・日本人の私にだけ読める文字。

昔ね、とイヴが語る。

「まだコウタロウが生きていた頃、創造神が予言をしたの。『コウタロウの子孫に次代の勇者が現れる。魔王を倒す者。その子はコウタロウと似た魂を有する』って。『コウタロウと似た魂を有する』という部分から、彼は同郷の者がそうだと考えた。それで、子孫にその子が現れるなら、少しでも自分の力を貸してあげようと、屋敷にスキルを隠したのよ」

「そのスキルを私が見つけた。もし私が『予言の子』で、『勇者』だったら……いつか魔王を倒すことになる？」

体が震えた。

絵本の中では、魔王はすごく強い。人間を一瞬で何百人も殺す。そんな怪物と戦うなんて、私には無理だよ。怖い。私……私は、みんなとこの家で、平穏に暮らしていたい！

いらっしゃい、とイヴが抱きしめてくれる。

「大丈夫。ララちゃんは予言の子じゃないと思うわ。魔王の存在は、世界中、どこにも見当たらないし。だったら、勇者も必要ないでしょう？」

「魔王、いないの？」

「いない。神のわたしが、保障するわ」

「なーんだ、ならよかった」

安心して笑う私に、イヴも微笑む。

「さ、もう遅いわ。寝なさい」

「うん、おやすみ」

階段をのぼる私を見送りながら、イヴはひそかにため息をつく。

すっかり不安が消えた私は、旅の疲れもあって、ウィルの隣でぐっすり眠った。

第7章　昔の親友

「ハティ、気持ちいい？」

「ああ、とても……」

さっ、さっ、白銀の長毛をブラシでとく。狼姿のハティは、絨毯の上でぐでーんととろけてる。オトヅキの街とうちの往復でたくさん走ったから、そのねぎらい。どさくさに紛れて、特に手触りのいい耳やしっぽをもふもふ。

「耳はやめてくれ。くすぐったい」

「えー？　聞こえなーい」

「ほう、嘘をつくとはいい度胸だ。覚悟はできているのだろうな」

「きゃーっ」

ひっくり返され、頬を舐められる。お返しにお腹をくすぐって、じゃれ合う。

『判定式』を無事に突破し、『身分証明書』を手に入れた。魔王だの勇者だの、うれいも解決。旅から帰った翌日は、気分がよかった。ゆっくり過ごそう、と決める。洗濯物は『洗濯機』を一度回すだけで済みそうだし、オトヅキの街で買ったお惣菜があるから、料理もしなくていい。

でき立ての状態で『時間停止』されたパンや焼き鳥やふかし芋を、そのままお皿に出すだけ。便利なスキルをくれた神々に感謝しつつ、ごろごろ怠惰に過ごそう……って、思ってたのに……。

「ダメ、おとなしくして！　なかなおり、するんでしょ！」

ウィルが騒々しく入ってきて、穏やかな時間は終了してしまう。

大暴れする巨大な鳥を、ウィルは頑張って引き留めていた。爪にぶら下がっているけど、足が宙に浮いてしまう。それでもなんとか踏ん張っている様子は、ウィルが捕まえているというより、捕まっているように見えた。獲物として。

「なに、どうしたの？」

近づこうにも、羽の風圧で押される。この鳥、鷹？　鋭い表情は、猛禽類のそれだ。

ていうか、鷹なんて、ドームの境界線越え許した覚えないんだけど！

「スゥだよ」

「え……？」

この時の私の頭の中には、クエスチョンマークがいくつも浮かんでいた。スゥって、いつもウィルの首に巻きついてる、あのトルネードスネイクのことだよね？　白蛇の。でも、目の前にいるのは鷹。どういうこと？

「いつもはヘビだけど、いまはたかなの！」

次の瞬間、白銀の狼が眼前に躍り出た。きらりと光る牙で、鷹に襲いかかる。すると突然、鷹が姿を変えた。見覚えのある白蛇になる。あっとウィルが声を上げる間に拘束を抜け出し、するりと床へおりた。

「何事だ⁉」

「大丈夫か⁉」

裏庭で剣の打ち合いをしていたビビとセオが、騒ぎを聞きつけて帰ってきた。

「何よぉ、うるさいわねぇ」目をかきながら、ソファのイヴも起き出す。キッチンから顔をのぞかせたアロンは、ため息。「はぁ……また面倒ごとの臭い」アロンは薬草の調合中だった。

「つかまえて！」

「え？」

「なに？」

ウィルの叫びにはじかれて、私たちはわけも分からぬまま行動した。手で、足で、すばしっこく逃げ回る白蛇を、あたふた捕まえようとする。

結局、捕まえたのはハティだった。狼の口にくわえ、噛み殺そうとする。

と、その時。

「いってぇ！」

聞き覚えのない声がした。ぴくり、ハティが反応する。驚いたように、目を見開く。あごの力が緩んだのか、白蛇が床に落ちた。

「まじ、ふざけんな！　……って、血ぃ出てんじゃねーか！　ちくしょう！」

しゃべっているのは、どうやらこの白蛇みたい。人間の言語を、りゅうちょうに。

私たちは――人間たちは――びっくりお互いの顔を見合わせた。だよね、蛇がなんて言ってるか、理解できるの、私だけじゃないよね？　ウィルは動物とおしゃべりできても、私たちはできない。そのはずなのに。

「お前……スゥベルハイツか？」

信じられない、というようにハティがつぶやく。

一瞬、動きを止めた白蛇。しかし、諦めたように舌打ちすると、また、姿を変化させ始めた。

――赤い髪を持つ人の姿へと。細められた金の目に、見覚えがある。どこかで……

あっと私は心の中で声を上げた。教会の礼拝堂で私を睨んだドラゴンの目だ！

中華ベースの派手な衣装に身を包んだ赤髪の男が、ドヤ顔で立っている。鷹↓トルネードス

ネイク↓人間と姿を変えた例のお方だ。

「火の神様!?」

　私たちが白蛇の言語を理解できたのは、彼が魔物でも、動物でもなく、神様だからだった。

　謎が解けてスッキリ。私たちはほっと息をついた。

「なんで驚かねぇんだ！　白蛇が人間に変わったんだぜ!?」

　どうやら火の神様は、私たちにびっくりしてほしかったようだ。

　でも、ねぇ……

『獣』から『人』への変身は、ハティで見慣れてる。

「正直、二番煎(せん)じ感がな」

「こら、ビビ様。そんなにハッキリ言っちゃ可哀想っすよ」

　ビビ・セオのコンビですら、〝不思議な現象〟に慣れすぎちゃってる。「神様ひぇぇ！」なんて言ってた面影は、もうそこにはない。

「……そうだったな。オオカミのやつも、ニンゲンになれるんだったな」

「ああ、その通りだ」

　ハティは前に出ると、狼の体を変化させた。白銀の毛が徐々に伸びていき、頭髪に変わる。

　顔を上げると、そこには鋭利な雰囲気をまとった美丈夫がいる。

「何しに来た」

ハティは私を背にかばうと、怖い顔で火の神様を睨んだ。ハティが警戒するのも頷ける。彼が原因で、ハティは長らく力を失う羽目になったんだから。

どこか気まずそうにしてた火の神様だったけど、途端に表情が変わった。自嘲気味な笑い声を上げ、横柄にハティを見据える。

「ニンゲン嫌いのお前が、ニンゲン型になるとはな。最高に笑えるぜ」

「いつの話をしている」

「ああ、今はニンゲン大好きか。ニンゲンの女とつがおうってんだからな！　落ちぶれたなぁ、オオカミ！」

「お前は変わらぬな。……悲しいほど、少しも」

憐れむような視線を向けられ、

「んだと……？」

火の神様は柄悪くハティを睨んだ。つかみかかろうとするのを、ウィルが止める。

「またケンカしちゃダメー！　スゥ、なかなおりしたいんでしょ。ごめんなさい、しょ？」

「だけど、あいつが……」

火の神様が大人しくなると、「姉さま、あのね」ウィルがこっそり私に耳打ちしてきた。

「ふたりはむかし、しんゆーだったの。でもね、スゥがハティのだいじなものこわしちゃって。それで、ケンカになったんだって。スゥはなかなおりしたいってゆってるの。だから、きょうりょくして」

なるほど。素直になれない火の神様の背中を押すわけですね！　急なことでびっくりはしたけど、急じゃなきゃダメだったんだろうな。前もって〝仲直り計画〟なんて立てたら、いつも一緒にいる白蛇にバレて逃げられちゃうから。そう、火の神様は今までずっと私たちの側にいたんだ。わざわざ私が大嫌いな蛇に姿を変えて（嫌がらせかな？）。ぜんぜん気づかなかったよ！　ハティだって、知らなかったみたいだし……でも、ウィルだけはぜんぶ知ってたんだ。

2人が仲直りできるタイミングを、今日まで見計らっていたのかもしれない。

かわいい弟に「おねがい」されて、断る選択肢はありません。

「おっけい。協力する！　で、何をすればいい？」

耳をかたむける。ふむふむ……。

「お前なんて、俺に負けたくせに！」

「負けたのはお前だろう」

「負け惜しみかよ、かっこわりぃ。しっかし、くく、笑えたよなぁ、お前の子犬っぷりには」

「お前だってトカゲに落ちぶれていただろうが」

「トカゲって言うな！」

「もういい、出ていけ！」

冷たく言い放つハティを、私は急いで止めた。

「待ってハティ、話くらい聞いてあげようよ」

「しかし……、こいつはララを傷つけるかもしれない」

悲し気に、眉をよせる。私はそんなハティの手をとり、瞳をのぞきこんだ。

「ね、親友だったんでしょ。そんなに仲よしだったのに、いつまでもケンカしたままなんて悲しいよ」

「昔の話だ」

「ハティ……」

さらに説得を続けようとすると、ああ、どうしてもう少し待ってくれなかったのかな。

「ほら、な」ゆらり、火の神様が前に出る。

「仲直りなんて、できっこねーんだよ」

そこからの流れは、私の目にはスローモーションに見えた。手を突き出す、火の神様。手のひらが赤く燃えた。そこから光線が放たれる。向かう先は——私。

「ララっ！」

ハティが魔法を妨害しようとするも、失敗。光線は私の胸に当たり、はじけた。

「虫にでも変えて、お前とつがえなくしてやる！」

ひゃひゃひゃ、と笑う火の神様。その手からはまだ、光線が出続けている。光の先は、私の胸にどんどん、吸い込まれていく。

「グルルル！　ガウッ！」

空中で狼に姿を変えながら、ハティは火の神様に飛びかかった。もつれあう2人。光線が途絶えた。だけど、もう遅い。私の体は、縮み始めていた。みるみる視界が低くなる。

視界の隅に、再び蛇に変わって逃げて行く火の神様が見えた。「追え！」ハティがビビとセオに指示を飛ばす。泣きそうなウィルと、おろおろするイヴ、あ然とするアロン、そして——

「ああ、ララ！　そんなっ。虫に変えられてしまったのか!?」

駆け寄ってきたハティが、こんもりした生地をまさぐる——それは、私が来ていたワンピース——。狼の手ではもどかしく、人間の姿に変わっている。そして、
私を見つけ、ハティは固まった。

私は低い位置からハティを見上げる。

縮んだ肩から、ワンピースの生地がずり落ちた。小さな両手をしげしげと見る。

「あれぇ？」

どうなってんだ、これ。

私を見て、みんなはたっぷり10秒固まった。最初に起動したのは、イヴ。

「まぁ、ララちゃん！　なんてことなの」

イヴはぎゅっと私をかき抱いた。

「かわいすぎるわぁ!!」

結論から言えば、火の神様の魔法は失敗。私は〝虫〟じゃなくて、〝ミニチュア・ララ〟になっていた。どういうことかって、そのままだよ。体が縮んだの、5歳児くらいに。

まぁ、なにはともあれ……

虫に変えられなくて、よかった！

いや、5歳児に変えられたのも、それはそれでショックだけど。体はどこも異常ないし。うん、普通に元気。ろれつがちょっと、怪しいけど。

「ハティが途中で魔法を中断させたおかげね」イヴが笑いかけてくる。「あのまま光を浴びていたら、危なかったわ」

「いまごりょ虫？」

「そうね」

「ひょぇぇ！」

「ララは大丈夫なのですか」

私の側に跪いたアロンが、イヴに聞く。腕や足や背中、確認しても、傷はない。ただ縮んだだけ。薬師の目から見て問題ないと判断したものの、自分の見立てが合っているか不安なようだった。私はといえば、体のあちこち見られて赤面。うう……体は5歳児でも、心は大人で、羞恥を感じるのだよ！

「大丈夫よ、ただ縮んだだけだから」

「魔法でどうにか元に戻せないのですか」

「うーん、わたしの魔法じゃどうにもできないわ。あなたは？　何か、いい薬ないわけ？」

「さすがに、子どもを大人にする薬はないですよ。……『エクストラポーション』を使ってみてはどうでしょう？　神話級のあの霊薬なら、あるいは」

「怪我や病気、体に異常が生じているわけじゃないからねぇ。難しいと思うわ」

「では、打つ手なしですか……」

「魔法をかけた張本人に、解いてもらうしかないわね」

「姉さま、ごめんね」

ウィルが小さくなって謝る。私はびっくりした。謝られる理由が分かんなかった。

「どうして？」

「ぼくがきょうりょくしてってって、ゆったから」

「そんなの、ウィルは悪くにゃいよ。でも、仲直り作戦、失敗しちゃったね」

「うん。せいこうするって、おもったんだけど」

そこへ、火の神様を追っていたビビとセオが戻ってきた。２人とも、息を切らしている。

「ごめん、見失ってしまった」

「そっか……」

今すぐ「元に戻せ！」って迫ることはできないってわけだ。

まぁ、でも、別に小さな体でも問題は――いや、あるよ！　まず、着る服！　うちには5歳児用の服なんてない。今は布を巻いてるけど、気軽に子ども服を買いに行けるわけじゃないし
……ウィルの服を借りるか。それでもちょっと大きいと思うけど。あとはそう、このサイズじゃ、キッチン台に届かない！　みんなのごはんが作れないよ。なんて、あれこれ考えていたから、だんまりを決め込んでるハティに、しばらく気がつかなかった。

そういえば、私が変えられてから一言もしゃべってない。

「ハティ？」

ハティはうつろな瞳で、何かつぶやいていた。

「俺の大事なものが、また、壊された……」

「え？」

「許さない。殺す……」

震えるハティは、蒼白だった。

「やつはどこへ向かった！」

「森の、西側へ……」

ビビの声を受けると幽霊のように立ち上がり、外へ出ていこうとする。心臓がぎゅっとなった。様子が変だ。

私は慌ててハティに駆け寄った。５歳児の足はうまく動かなくてもどかしい。

「待って、ハティ！　私は平気だよ！　怪我もしてないし」

ハティはそこで初めて、私の存在に気づいたようだった。少しだけ、目に光が戻る。しかし――、

「ああ、ララ……。待っていてくれ。今やつの皮をはいで、ここまで持ってきてやる。皮をは

ぐだけじゃ足りない。爪や牙もすべて引き抜いて持ってこよう。残った肉は串刺しにして鳥のエサだ……」

私は震えた。様子が変なんてもんじゃない。これは誰？　ハティが、ハティじゃなくなってる。優しい微笑みは消え失せ、好戦的な薄ら笑いを浮かべている。

引き止めなくちゃ！

気持ちが焦った。このままじゃ、ハティはどこかへ行ってしまって、戻って来れなくなると思った。私は恐怖を押し殺し、ハティの長髪をつかんでぐんと下へ引っ張った。

パン！

左右からハティの頬を包む。音と衝撃にびっくりしたハティが、私を初めてちゃんと見た。

「ララ、無事か」

「ハティ！」

私たちは一生懸命に抱き合う。だけどまだ、ハティは完全に戻ってきたわけじゃなかった。

「とりあえず、何か服を――」

親切で近づいてきたアロンを、ハティは威嚇したのだ！　グルルル、人間の姿のまま、喉を鳴らす。

そこから一晩、誰かが私に近づくことをハティは絶対に許さなかった。

目が覚めると、私はハティの腕の中だった。絨毯の上で丸まる姿は、野生の動物みたい。目の下に泣いたようなあとを見つけて、胸がぎゅっとなる。

昨日は突然のことで、ハティも混乱したんだよね。火の神様の魔法を防げなかったのも、ショックだったと思う。

身じろぎするハティの頭を、よしよしと撫でてみる。長いまつ毛が震え、まぶたが開いた。目が合う。ハティは静かに言った。

「――昨日は、すまなかった」

「ううん」

「ほかの者たちにも、悪いことをした」

家族を威嚇してしまったことを思い出したのか、唇が歪む。

「許してくれるだろうか……」

「大丈夫。一緒に謝ってあげりゅ」

安心させるようににっこり笑って見せたのに、ハティは別のことが気になったようだ。顔を

しかめて、

「口調が……」

「ああ、ろれちゅが回ってないこと？　仕方ないんだよ、5歳児仕様にゃんだから」

「ふはっ」

くくく、ハティは笑い出してしまった。

「ろれつが言えていない」

「むぅーっ！　わたちだって不本意でしゅ！　これでもがんばってりゅんだから！」

もう大丈夫、いつものハティだ。嬉しくなって、口元がほころぶ。

しばらく笑ったあと（失礼な！）、やっと落ち着いたハティは、ふぅ、と息をついて私の頭を撫でた。

「ララの幼き頃は、このように愛らしい姿だったのだな」

「そうだよ。見りゃれてラッキーだったね」

「その点だけは、やつに感謝してもいい」にやりと笑う。「しかし――、これでやつとの仲は完全に崩壊した。もう仲直りなど、ありえない」

ハティは遠い目をする。〝昔〟を思い出してるのかな？

「ウィルが、ハティは昔、火の神様に大切なものを壊しゃれたってゆってた。それで、ケンカになったって。何を壊しゃれたの？」

ぼそり、とハティが教えてくれる。

「……城だ」

ハティと火の神様がお互い大ダメージを負って姿が変わるまで大ゲンカした原因。火の神様はハティが住んでたお城を壊しちゃったんだって。

そのお城は、『中立の森』の中にある。

今も壊れたままの城。そう言われて、思い出した。

——崩れた壁、吹きさらしの窓、石造りの冷たい空間。

少し前。私、ハティにそこへ連れて行かれたことがある。私がハティを選ぶと言って、そしたらハティが『今すぐ結婚しよう！』って、私をそこへ運んだんだ。ハティにとっての結婚。つまり、肉体関係を結ぶこと。古ぼけたベッドに押し倒されて、それで——

ぼっと頬が燃え上がる。いや、うん、この話は今は関係なくて！

そのお城は２００年前、勇者・コウタロウが拠点に使ってた場所だった。『東の砦』というらしい。ハティは勇者・コウタロウと仲よくなって、彼の死後はお城を守っていたんだって。

それを、火の神様が壊した。

「なんで壊したんだろう」

「さぁな――」

理由は、ハティにも分からないらしい。

「探しましょう」

ふいに第三者の声がして、私とハティはそろって声の主を探した。――ぼさっとした、灰色の長髪――寝起きのアロンがそこに立っていた。

「なぜ城を壊したのか、見つけ出して本人に聞けばいい。それに、ララを元に戻してもらわなきゃいけませんしね。私、ロリコンにはなりたくないので」

「俺とて、ララの成長をこの先10年待てと言われるのはきつい」

初めて意見が一致した2人である。

「でも、どうやってちゅかまえようか？」

小さな白蛇になってちょろちょろ逃げ回られたら？

私が聞くと、ハティはにやりと笑った。

「俺に考えがある――」

「本当にこんなんで現れるの？」

私は疑いたっぷりに聞いた。

「ああ、間違いない」

自信たっぷりに答えるハティは、焚火の前に仁王立ちしている。焚火の炎で炙られているのは――

「うう、わしのコレクション3号が……」

水の神様・レネのコレクションの1匹『カイギョ』と呼ばれる伝説の魚だ。1m級の巨大魚で、全身が金色に光ってる。火の神様はこの魚が大好物なんだって。だからバーベキューして、匂いでおびき出そうってわけ。

正直、こんなバレバレな作戦に引っかかるほど、火の神様は、バカじゃないと思うんだけど……

「100％罠を疑いますよね？」

アロンも懐疑的。

だけど、ハティはこれで火の神様が必ず現れると断言している。

「おお、わしのコレクション3号よぉ……！　しくしく」

焚火の側に手をつくレネのしくしく泣きが大きくなる。ハティは「うるさいやつだ」と顔をしかめる。さすがにレネが可哀想になったけど、ハティが「代わりに昔のいざこざの件をチャラにしてやる」と約束したら、けろっと元気になった。それに、コレクションはあと１０００匹もいるから、本当は大した痛手じゃないんだって。気をよくしたレネがぽろっとそんなことを口走って、ハティに睨まれてた。お魚を利用して、最初から恩を売るつもりだったのかも。そういえば、泣きわめく割には、すんなりお魚を差し出していたっけ。レネ、なかなか策士である。

「しかし、ララも大変じゃったのう」

体操座りで一緒に焚火に当たりながら、レネがよしよしと私の頭を撫でる。少年っぽいレネは、歳の近いお兄さんみたい。

「うん、ましゃか人生でもう一回５歳児やることになりゅとは思わなかったよ」

「わしも大昔、手ひどい目にあってのぅ。あやつ、絶世の美女に変身してわしを誘惑したのじゃ。それで夜、肝心な時にネタバラシとくる。残酷じゃろう？」

「火の神しゃまは、女の人にも変身できりゅの!?」

「火の神はな〝変身〟の魔法が得意なのじゃ。自分や他人を、どんな生物にでも変えられる」

「すごいね」

私が目を見張っていると「感心している場合か？」アロンが呆れてツッコミを入れてくる。

「君も被害者でしょうが」

「えへへ、そうだった」

「まったく君は、のんきなんだから……」

そういえば、とアロンが何かを思い出す。

「ララを幼児に変えるのは、〝人間を傷つけるべからず〟という神様のルールには違反しないのですか？」

聞かれたレネは、うーんと考え込む。

「そうじゃの。体を別のものに〝変身〟させただけで、怪我をさせたわけじゃないからのぉ――セーフじゃ」

「手を出したことに変わりないのに、屁理屈ですね」

「まー、そうじゃな」

神様のルール。〝人間を傷つけるべからず〟。だから、ハティやイヴは、私たちの追手と戦って蹴散らす、なんてことができない。追手は人間だから。

――そういえば、ルールに違反したらどうなるんだろう。ルールっていうからには、破った時には罰がありそうだけど。レネに聞くと、

「それはそれは恐ろしい罰が待っておるのじゃ」

低い声で言われ、私はぷるぷる震えた。怪談を語るような怖い声は、５歳児の心臓には刺激が強すぎた。漏らしそう！

ふっとレネが笑った。その拍子に水色の前髪が割れ、琥珀色の瞳がちらっと見えた。不思議で綺麗な色だなぁ――。じーっと見ていると（幼児は復活も早いみたい）、レネにまたよしよしされた。

なんかミニチュアになってから、事あるごとにみんなによしよしされるな。

「撫でやすしゅい位置に頭があるから？」

「ララがかわいいからじゃよ」

「かわいい？　やったー」

えへへとはにかんでいると、

「おい、人の女を口説くな」

「いたぁ！」

ハティが不機嫌に、レネの頭へげんこつを落とした。その時、私の肩にじっとりとした手が置かれた。火の神様が現れた⁉　と振り返る。だけど、違った。

「みぃつけた」

にぃ、と恐ろしい笑顔を浮かべるイヴとビビがそこにいた。白状すると、今度こそちょっと漏らしちゃった。

「怖くないわよぉ、ほら、おいで～」

「こっちに来てくれたら、お菓子あげるぞ～」

「や！」

私は今、全力で逃げている。フリフリピンクのドレスを持ったイヴとビビから！

ドレスを作った犯人はイヴだ。眷属のカイコとやらの糸で作ったんだ！　この前もらった日傘もそうだった。私が5歳児になってまだ1日しか経ってないのに、この短時間にどうやってあんな派手なドレス作ったんだろう。

とにかく、捕まれば〝着せ替え人形〟にされることは分かっているので、全力で逃げる！

アロンが買ってくれたパステルカラーのワンピースを着るのも相当勇気がいったのに、あんなフリフリピンクのドレス無理！　ピアノの発表会でも着ないって！　ていうか、ビビ、なんでそっち陣営にいるのよぉ！

「そんなかわいくない服、許さないわぁ～！」

ちなみに今の私はウィルの服を着てる。シャツとズボン、それでもいくつか折り曲げないと大きかった。

トテトテ、一生懸命足を動かす。やれやれ、短い足は亀のごとき歩みだ。そりゃ、捕まるよね。

「もう逃がさないわよぉ」

「ぐへへ、かわいいなぁ。〝ビビお姉ちゃん〟って呼んでごらん」

美女2人に見下ろされるって、すごい迫力だね。ララちゃん涙目。

絶体絶命の大ピンチ！

しかし、そこへ救世主が現れたのだ！

「姉さま、こっち！」

〝火の神様捕獲作戦〟は、早朝に開始した。さっきまで眠っていたはずのウィルが、パジャマ姿で私の手を引いた。

「あっ！」

「こら、待ちなさい！」

ウィルはお友だちを連れてきていた。大型犬サイズに成長した2匹の一角うさぎだ。その子たちに飛び乗って、私たちはなんとか逃げおおせたのだった。

「ぼくの〝ひみつきち〟につれてってあげる」

そう言われて連れて行かれたのは、ツリーハウスだった。でも、お家に登るんじゃなくて、木の裏に回る。太い幹の一部に亀裂があって、その中に入り込めるようになっていた。

こんな場所があったなんて、知らなかった！

中は、落ち葉が敷き詰められていてふかふかだ。

「シーッ。――だいじょうぶ。もういったよ、姉さま」

「ありがちょ」

ウィルがすごく頼もしく見えた。私は今5歳児で、ウィルは7歳のお兄さん。並んで立っても少し見上げてしまう。まるで、年上のお兄ちゃんに守られてる気分だよ。

思わず言っちゃうのも、無理ないよね。

「ウィル兄たん……」

一瞬びっくりするウィル。すぐに頬を赤くして、くねくねしだした。

「兄たん……兄たん……へへへっ。うれしいなっ」

かわいい！

「ウィル兄たん！　ウィル兄たん！　……げへへ」

私は調子に乗ってウィルに抱きついた。「笑い方が残念だわ……」って、もしこの様子を見られたらイヴに言われそう。でも、ウィルがかわいすぎるんだもん。にやけちゃうのも仕方ないよね。小さな体も悪くない。

ぐぅ、と私のお腹が鳴った。そういえば、朝ごはんまだ食べてなかった。ていうか、起きてすぐ〝火の神様捕獲作戦〟を開始したから、今日はまだお水も飲んでない。

「おなかすいたの？」

心配そうに聞いてくるウィルだけど、つられたようにウィルのお腹も鳴る。ちょっと頬が赤くなった。〝兄たん〟なんだからしっかりしなきゃ。そんなふうに思ったのか「木のみがあるよ」とパジャマのポケットから大小さまざまな木の実を出す。ポケットを叩けばビスケットがひとつ、もひとつ叩けば……って並みにたくさん出てくるんだけど！　いつも小鳥たちがくれるんだって。それをパジャマのポケットに入れるとは……。

「わたちがごはん出してあげりゅ」

私は『収納』から〝もしも〟の時のために作っておいたサンドイッチと熱々のカボチャポタージュを出した。それから果物をしぼったジュースもね。よかった、小さな体でも『スキル』は問題なく使える。

つんと膝をこづかれて見ると、私たちを乗せてくれた一角うさぎがいた。あ、この子『アメちゃん』だ！　赤い目をした普通の一角うさぎと違って、アメジストの目をしたアメちゃん。

レベルアップで『亜空間NO・2』ができた時、森から連れ帰ったのが私だからか、唯一、私に懐いてくれてる魔物（あとの子たちはウィルにぞっこんで、なぜか私に敵対心燃やしてる）。

遠慮がちに伸ばされた前足を、優しく握ってみた。ハティより硬い毛並みだけど、体温の高さは似てる。

「おひさしぶりでしゅ」

きゅるんと小首を傾げてる。「だいじょうぶ？」って聞かれてるみたい。

「うん、ちょっと小さくなっちゃっただけ。元気だよ。心配してくれてありがとう。これ？火の神様にやられたの。あーあ、火の神様どこにいるんだりょうね。アメちゃんは知ってりゅ？」

首を振るアメちゃん。アメジストの目が綺麗に澄んでいる。

「知りゃないよねぇ」

私はその場で美味しいにんじんを『創造』して、アメちゃんにプレゼントした。嬉しそうに食べてくれる。ひょっこり、ほかの動物たちもやってきた。〝スタメン〟のお猿のジョージやブルーサファイアのアオが、「俺たちを忘れるなよ～」と言うようにウィルに甘える。私、ウィル、動物たち、みんなで朝ごはんだ！　半分お外でピクニック気分。

もぐもぐ、「おいしいね」と言い合いながら食べていると、いい匂いに誘われてやってきた人が。

「何やってんだ？」

「「きゃーっ！」」

イヴかビビだと思って焦ったけど、違った。

どろんこに汚れたセオが、そこにいた。


「もう、驚かせにゃいでよ、セオ！」

イヴとビビに追いかけられてる話を聞いて、セオは大笑いした。まったく、他人事だと思って。

「ビビ様は女のきょうだいがいねぇからなぁ。〝妹〟をかわいがりたかったんじゃねーか」

ああ、前に〝クソ兄貴〟の話はちらっと出たけど、女のきょうだいの話は聞かなかった。

なるほど、姉妹ごっこがしたかったのか。ビビお姉ちゃんって呼んでごらん、とか言ってたな、そういえば。……あとでちょっとだけ、頭なでなでさせてあげよう。

「セオ、どうしてどろんこなの？」

サンドイッチに手を伸ばすセオに、ウィルが聞いた。

それ、私も思ってた！　冒険者用のジャケットだけじゃなくて、顔も、髪の毛もどろんこに汚れてる。いつも自主的にやってる朝訓練じゃ、こうはならない。

「ああ、火の神様を探しに森へ入ったんだけどな。そこで『モウモウ』と死闘になった」

「もうもう？」

首を傾げる私に、「牛さんのまものだよ」とウィルが教えてくれる。牛の魔物、言われてみれば『魔物図鑑』で見かけたことある気がする。

「いいなぁ。ぼく、まだ見たことないんだ」

ウィルが羨ましがると、「見られるぞ」セオはあっさり言った。なんでも、ドームのすぐ外まで連れてきているらしい。

「モウモウは牛の親戚みたいなもんだろ、乳が飲めるんで連れてきてみた」

「えー!!　牛乳が手に入りゅってこと!?」

「そういうこった」

牛乳、ぜひ欲しい！

乳製品は『創造』できないから、いつでも品不足なんだ。かといって、頻繁に街まで買いに行くわけにもいかないしね。今はオトヅキの街で大量買いしたのが『収納』に入ってるけど。ウィルがたくさん飲むから、どうせすぐなくなる。

見てみたい！　というウィルに誘われ、私たちはドームの端まで『モウモウ』を見に行くことにした。火の神様を探さなきゃいけないことや、イヴたちから逃げてる途中だってことは、すっかり忘れて。

「これが『モウモウ』……でかい！」

「かっこいーっ！」

ウィルは目をキラキラさせてる。

『モウモウ』は、前世で見た牧場の牛より一回り以上大きいように見えた。目や鼻が顔の真ん中にぎゅっと寄っていて、なんか変な顔。できの悪いマスコットキャラみたいな。そんな感想が伝わってしまったのか、モウモウが不機嫌に「むもぉ～」と鳴いた。ちょっとビビる。

セオがニヤッと笑った。

「今のララじゃ、めちゃめちゃ巨大に見えんだろ。怖くないぜ。ほら、乳を絞っても大人しい」

たぷんとしたお腹にぶら下がった乳首を引っ張ると、白い液体がぴゅーっと飛んだ。

「な？」

「う、うん……」

ウィルが口を開けて、直接口の中にミルクを絞り入れてる。わ、ワイルドぉ……。牛乳大好きだもんね。

　あっと私は思いついた。

「これ、うちで飼おう！　そしたら毎日牛乳のめりゅよ！」

「だな。オレもそのつもりで連れてきた」

　ドームの境界線越えを〝許可〟されて入ってきたモウモウはしばらくうろちょろしたあと、地面のある一点で穴を掘り始めた。高速で土を掘り返すと、そのあたりは、あっという間に水気を含んだ〝沼〟になった。水をどこから調達したかはナゾである。あっ、水の魔法を使ったのかも。体内に魔石を持つ魔物は、魔法が使えるって本に書いてあった。

「モウモウは沼に住む魔物でな」

「セオが泥んこになったのは、そういうわけなんだね」

　そりゃ！

　ウィルがセオに向かって泥団子を投げた。しかし、セオには当たらない。攻撃を予知していたように、頭をそらすだけであっさりよけた。

「甘いな」

　びっくりした私とウィルだけど、そっか、セオは『絶対把握レベルＭＡＸ』のスキルを持ってるんだっけ。『相手の攻撃を、ぜんぶ見切れる。なんつーか、相手が次にどんな攻撃を仕掛けてくるのか、どこに打ち込んでくるのか、感覚的に分かるんだよな』前に、セオがそう言っていたのを思い出す。くっ、チートめ。

泥団子をうまくよけたセオ——だけど、足元の沼には気づかなかったようだ。次の瞬間、

「うわっ」と情けない声を上げてボッチャン！　沼に尻餅をつく。

「ぷっ」

「くくっ」

私とウィルは顔を見合わせて笑った。ころころと幼い笑い声が秋晴れの空に響く。

セオが首を傾げた。ぽかんとした表情が、もうダメ。ひー、苦しい。

「セオ、泥でおヒゲができてりゅ」

「おじいちゃんみたい」

セオが口元を拭うと、ますます泥が広がって、私とウィルはいよいよ爆笑した。

にやりと、セオが笑う。笑いが取れて、まんざらでもないみたい。ただ、当たり前のように仕返しはされる。泥団子合戦が始まった。

「あーっ！　ララ発見！」

ひとりでいたビビに見つかってしまう。が、捕まる前に泥団子で先制攻撃！

「きゃーっ！　鬼が来たーっ！　やっつけろーっ！」

「やったなぁ！」

もともと好戦的なビビだ。私にドレスを着せることも忘れて、戦いに参戦する。その場はたちまち乱戦となった。

我先にと『モウモウ』の沼に入って泥をかき集め、投げつけ合う。『スキル』をガンガン行使しての合戦はお遊びの域を超えていた。

『駿足レベルＭＡＸ』で瞬間移動並みの移動速度で現れては消えを繰り返し、軽々と泥団子を避け、不意打ちで攻撃を繰り出すウィル。

『疾風レベルＭＡＸ』の必殺技、ウィンド・ファングで作り出した竜巻で敵が作成した泥団子を奪い、風ごと投げつけてくるビビ。

『絶対把握レベルＭＡＸ』ですべての攻撃を見切り、得意の盾もないのに余裕の攻防を繰り広げるセオ。

私は『怪力レベルＭＡＸ』で超特大泥団子を持ち上げる。

ブンッと風を切って飛んでく超特大泥団子。セオを狙ったのに——あれぇ、ぜんぜん違うとこに飛んで行くよ。

突然、超特大泥団子が、巨大な水球に包まれた！　かと思うと、ザンッ！　音を立てて泥団子がバラバラと崩れ落ちる。転がる破片は細かく、切り口は鋭利。包丁で角切りにされたみたいだ。ひぃっ！　やったのは、アロンだった。私を探しに来たみたい。

「水はね、高速で走らせれば刃にもなるんだよ」

くすっと笑うアロンを前に、私たちはそろって震え上がった。遊んでる場合じゃないでしょ、と怒られる。うう、その通りです、すみません……。

「ほら、バイ菌1号から4号、そこへ並びなさい」

そのままアロンの水球で洗濯され、合戦は終了となった。

「はくしゅん！」
私たちはびしょ濡れで、再び焚火に戻ってきた。水の神様・レネはもう帰ったそうだ。バイバイって言いそびれちゃった。今度、協力してくれたお礼にお菓子でも差し入れしよう。
火の神様の大好物『カイギョ』はこんがり焼けていて、いい匂いを漂わせていた。ヨダレが出るくらい、本当にいい匂い。これなら火の神様も、本当につられて出てくるかもしれない。
「私が『疾風レベルＭＡＸ』の風で乾かしてやろうか」

ビビが言うけど、丁重にお断りした。風の刃を見たあとでは、怖くてお願いできない。調整を誤ってうっかり切り刻まれたら大変だ。代わりに、ハティがバスタオルで頭を拭いてくれる。「風邪を引いたら大変だ」と、胡坐の中に包まれているので、背中が温かい。

「ドレス、着る？」

「着ない」

「えぇ～、いいじゃないの。ちょっとくらい楽しませてよぉ」

イヴさん、この状況を楽しんでますよね。むしろ、もうしばらく幼児のままでいてほしいとか思ってそう。私に頬ずりするビビも。

冷たい風が吹いて、ぶるっと震える。焚火に当たってるけど、このままじゃハティが言うように風邪引いちゃいそう。まだ9月だけど、『中立の森』は寒くなるのが早い。

寒がっているとドレスを無理やり着せられそうなので、防寒具を出すことにした。

ハティにおろしてもらって『収納』から子ども用の赤いマントを取り出す。オトヅキの街で買ってきたものだ。ウィルの肩にかけてあげる。うんしょ、うんしょ。

「わぁ、あたらしいマントかっこいい！　ありがと、姉さま」

ウィルはくるくる回って、お友だちに自慢しに行く。絵本の勇者みたい～ってはしゃいでるウィルは、本物の勇者のマントを、実は持ってる。水の神様にもらった勇者の持ちものの中にあったんだ。あれは大きくなるまでおあずけだけど。

「アロンとビビのぶんもあるよ」

ビビには水色。アロンはワインレッド。それぞれ渡す。重くて引きずりながらになっちゃった。

「こんなかわいいの、私が着てもいいのか？」

水色のマントを大事そうに抱き寄せて、ビビは泣きそうになってる。皇女様時代、男装で過ごしていたビビは、かわいい服を見ると「自分には似合わない」って言いがち。でも、本当は憧れてる。

「もちりょん。よく似合うよ、ビビたん」

「ありがとう」

目元をごしごし拭うビビの横で、ワインレッドのマントがはためく。アロンがさっそく羽織っていた。すらっとした体型によく似合ってる。

「へぇ、意外にちゃんとしてる。助かるよ」

「言ったでしょ。ララの美的感性は成長してりゅのでしゅ」

ハティにはこれね、と白いマントを渡す。すぐに羽織ると、私を抱っこしてすっぽりくるんでくれた。

「こうすればいっそう温かい」

神様は寒暖を感じない。だから、「温かい」というのは私にとって。実は買い物中、防寒具は必要ないって言われてた。でも、私はハティやイヴの分まで買ったんだ。神様たちだけナシなんて寂しいもん。

「その麻色のはイヴのでぇ、しょれから、セオのは紺色のやつね」

サンキュ、とセオが紺色のマントを持ち上げた。と、裾から何かがひらりと落ちた。何だろう、と他人事みたいに見てたけど、ハッと気づく。――やばい。

「ん？　何かな、これ」

しかも、よりにもよってアロンに拾われちゃうなんて！

「ぎゃーっ！　しょ、しょれは……っ！」

「あ」

ハティも気づいたらしい。

取り返さなきゃ！　とっさに駆け出すも、足がもつれて転んでしまう。ヨチヨチ5歳児は俊敏な動きでソレを取り返すことができなかった。それもこれも、火の神様のせい。許すまじ！

だけどまだ、私には強い味方がいた。その名も『収納』！　そうだよ、『収納』すればいいんだよ！　別に手で触れてないと『収納』できないってわけじゃないんだから。

「『収納』！」

私が叫ぶと共に、アロンの手の中からソレが消えた。あとかたもなく。

だけどもう遅かったみたい。アロンは真っ赤な顔で、ぷるぷる震えだした。

男女のレンアイについてアロンほど潔癖な人を、私はほかに知らない。

「な、な、な、まさかさっきのは女性用の下着か⁉　しかも、あんな、あんなハレンチな……！」

何のために、誰が買ったか、アロンはたぶん正しく理解した。

いやぁぁぁぁっ！

恥ずかしすぎて、本気で死ねると思いました。さらに追い打ちが。

「ねぇ、いまのなんだったの？　ねぇねぇ、なんだったの？」

興味津々、ウィルの追及が止まらない。答えられるわけないよね⁉

「さ、さぁ……」

困っていると、ククク、とハティがこらえきれないように笑いだした。買っていたのだな、と言われて恥ずかしさは上限突破。よし、『亜空間NO・2』に逃げ込もう。

ああ、もう……

〝セクシーランジェリー〟なんて買うんじゃなかった‼

結局、『亜空間NO・2』に逃げ出す暇はなかった。ちょうど森の茂みが揺れ、火の神様が姿を現したからだ。

――うそ、本当に出てきちゃったよ。

「確保ーっ!!」

私たちは一斉に飛びかかった。火の神様は焚火の反対側にいて、ごうごうと燃える炎のせいで私たちに気づくのが遅れたらしい。罠だと気づく頃には、時、既に遅し。私が『創造』した強化版『ツタアケム』に拘束されていた。芋虫みたいに転がる火の神様。

「いや、ここまでバカだとは……」

アロンがあ然としてつぶやいた。失礼だけど、うん、私も思った。

普通、敵の陣地にご馳走が用意されてたら罠を疑うよね!?

「あの子は基本的にバカなのよ」

イヴもはっきり断言しちゃってる。

「離しやがれ、こんちくしょうめ!」

「よし、数発殴ってこよう」ハティがとびっきりの笑顔で宣言する。「なに、気を失わせないようにするさ。ララの魔法を解かせねばならないからな」

わ、どうしよう。またケンカが始まっちゃう！

あたふたしていると、意を決したようにウィルがハティの前に立ちふさがった。

「止めるな。やつは狼のつがいに手を出したのだ。ケジメをつけさせねば」

低い声で言われても、ウィルは引かない。

「――ハティ、ぼくのおたんじょう日のやくそく、おぼえてる？　プレゼントに、ぼくがほしいってゆったもの」

「あ、ああ……覚えているが」

突然の問いに、ハティは戸惑い気味に答える。

「〝なんでもひとつ願い事を聞いてもらえる権利〟だろう？」

ウィルがハティに頼んだ、ちょっと変わった誕生日プレゼント。そういえば、って私も思い出した。

「うん。そのおねがい、今日つかうね」

「い、今か⁉」

「うん、いま」

あ、なるほど！

ウィルが何をお願いするのか分かった。ハティも察したはずだ。

「〝ハティ、スゥとなかなおりして〟」

――これで、ハティはもう、火の神様に手が出せない。やられた、とハティは苦笑した。

一同が見守る中、

「……悪かった！」

拘束された状態の火の神様は、顔を真っ赤にしてハティに謝った。ウィルに促されて、なんとか勇気を振り絞った。「お前は友だちじゃない」と、また拒絶されるのは怖いけど、最後は仲直りしたい気持ちが勝ったみたい。今、ハティはウィルの〝お願い〟で話を聞いてくれる態勢になってる。今を逃せばもう、ちゃんと話す機会はないかもしれない。

「城、壊したことも。お前の女、傷つけたことも。――悪かったと、思ってる」

「教えてくれ」ハティが静かに聞いた。「なぜ、お前はいつも、俺の大事なものを傷つけるのだ――？」

少し迷いを見せたあと、火の神様はぼそっと答えた。

「なんか、むしゃくしゃして――」

なんだそれ。

思春期の中学生男子かよ！

「子どもっぽい」

心の中でツッコミを入れたはずが、口から出ちゃってたみたい！

「なんだと、女ぁ！」

火の神様が鋭い金の目を吊り上げる。

ひぃ！

もう後戻りできない。

だったら言いたいこと言っちゃえ！

「親友だったんでしょ！　ちょっとくらいムカつくことがあっても我慢しなさいよ！　『親しき仲にも礼儀あり』って言葉知らないの？　相手のことも思いやれずに、何が友だちよ！　ハティなら、何でも笑って許してくれると思った？　仲よくたって、ぜんぶ許せるわけないんだからね！　嫌なことされたら、友情が壊れることもあるんだよ？　せっかく仲よしだったのに、そんなの、悲しいじゃん……」

力みすぎて、涙が出ちゃった。

火の神様の像を悲しそうに見つめるハティを思い出したら、たまらなかった。

だって、と火の神様が訴える。瞳をうるませて、必死だった。

「だって俺、寂しかったんだよ！　俺のダチだったのに、人間嫌いだったくせに、人間のコウタロウとあっさりつるむようになるしよぉ！　やつが死んだ後も、城なんか後生大事に守りやがって。やつはもういねーんだよ！　いくら待っても帰ってこねぇんだ！　あんな城があったら、オオカミはずっと縛られる。だから、俺が解放してやったんだよ。そしたらまた、昔みてぇに2人でバカやれるって思ってた。なのに、今度はニンゲンの女だ！　そいつばっかに構って、俺のこと友だちじゃないとか言うし。ムカついて、それで……ごめん」

「スゥベルハイツ……」

ハティが呼びかけて、だけど、その後の言葉に詰まってる。2人とも、不器用なんだ。誰かが背中を押してあげないと。私とウィルはトテトテ近づいて、2人の手を握らせた。仲直りには、やっぱり握手だよね。

「ハティ、ゆるす？」

ウィルが聞く。

「ウィルの誕生日の願いまで使わせてしまったからな。仕方あるまい」

そう言いつつ、ハティはどこか嬉しそうに頷いた。しかし――、とまた厳しい顔をする。

「先にララを元に戻してもらおう。――正式な謝罪を受け入れるのはそれからだ。さあ、元に戻せ」

うんうん、それを忘れちゃいけないよね。仲直りの条件になってるんだから、私を戻すのは当然の流れ。はい、と私は火の神様の前に手を広げた。いつでも準備ＯＫだよ！　例の光線よ、カモン！

　しかし――、

「やだね」

　急にふてくされた火の神様に、にべもなく拒絶された。

「なんで!?」

「だってなんか、ムカつくし。お前、オオカミにデレデレしてて気に入らねぇ。なんかびみょーにコウタロウに似てるし」

　勇者・コウタロウは、火の神様にとってお邪魔虫だった。ハティにくっついて、旧友の仲を引き裂くお邪魔虫。そして今は、この私がお邪魔虫。

「うそうそうそ！　冗談だって！」

　もう遅い。火の神様の弁解は聞き届けられない。冗談にしても、たちが悪すぎるよ！

　せっかく仲直りできるチャンスだったのに、みすみす棒に振るなんて！

火の神様への〝おしおき〟が始まった。

『収納』から取り出したるは、緑色の〝肉団子っぽく見える何か〟。ウィルの誕生日に、ビビが作った料理だ。みんな手が伸びなくてたくさん残ったのを、捨てるのはもったいない気がしてなんとなく『収納』してたんだ。まさか〝兵器〟として使う日が来るなんて！

ひとつをフォークに刺し、火の神様のもとへ。

「やめろ、何を喰わせる気だ！　おい、オオカミ止めてくれ！」

「チャンスはやったぞ」

「だから、魔法は勝手に解けるようにしてんだって！　効果は２日。明日には元に戻るんだって、その女！　嘘じゃねぇ！」

ズボッ！

「むぐっ⁉」

みるみる青くなる麗しのお顔――神様ってみんな美形なんだね。今は見る影もないけど――。

揺れる金色のお目々。

「な、これ、むぐっ⁉」

再び開いた口に、次の肉団子っぽいやつを投入。ツタで縛られた火の神様に、抵抗はできない。

「あははっ、おいちぃねぇ？　まだいっぱいあるよ、どんどんお食べ。これはハティのお城を壊した分、これは私を虫に変えようとした分――」

文句のためにお口が開くから、次々放り込める。

「普段優しい子ほど、怒らせたら怖いのよねぇ……」

「私の料理は泡を吹くほどまずいのか……？」

「ビビちゃんは、ちゃんと味見しましょうね」

「あわわわ、姉さま、スゥがしんじゃうよぉ」


翌日、私は無事に元に戻って、ハティは火の神様の謝罪を、正式に受け入れることになる。

「謝罪を受け入れる。俺も、旧友をないがしろにして悪かった。……ハァ、なんとも情けないな。人間の、それもほんの子どもに背中を押してもらわねば〝仲直り〟もできぬとは」

火の神様はがくっと膝をついて、

「安心したら、なんか、腰、抜けちまった」

そう、照れて言った。

こうして火の神様とハティは、無事に仲直りできましたとさ。めでたし、めでたし。

「ウィル、お前は『真実の目』で未来を予知したうえで〝なんでもひとつ願い事を聞いてもらえる権利〟がほしい、などと願ったのか？」

「うーん、ハティとスゥがなかなおりするのは『見えた』んだけど、どうやってなかなおりするのかは分かんなかったんだ。だから、〝もしも〟の時のためにね」

ハティの問いに、ウィルはいたずらっぽく笑って答えた。

「コケコッコー！」

『亜空間ＮＯ・２』で鳴き声が響く。ここに、丸２日放置されることになる、生き物が７羽。

外伝　あたしたち『追手追い出し隊』

「ん？　なんだ……？」

ぽとり、肩に落ちてきた何かを、騎士の男は手で拭った。白くてねちょねちょしたもの――

それが何かに気づいて悪態をつく男に、隣で休憩中の別の騎士がニヤニヤと笑った。

「お前、うんこ落とされてやんの！」

「運がついたな」と別の騎士もからかう。「今日はよいことがあるぞ」

どっと沸く17人の騎士――。しかし、その笑顔はすぐに引きつることになる。

ぽとり、ぽとり、別の騎士にも白いものが落ちた。まぁ、ここは森の中。鳥に糞を落とされることくらい、普通にあるだろう。最初はあまり気にしていなかった。しかし、次の瞬間。

ザァァァァ！

何かが一斉に落ちてくる。

雨か――。一瞬そう思うも、違う。これは、鳥の糞だ！

大雨のごとく降り注ぐ白い糞に、騎士たちは慌てふためいた。逃げても、白い雨は追いかけてくる。まるで自分たちを狙い撃ちしているように――。

糞は粘着質だ。一度肌につくと、頑固な汚れとなる。その糞はやがて、べっとりと騎士たちの目元にまでまとわりつく。目が、目が見えない……！

強力な魔物がたくさんいるこの森の中で、視界が潰されるのは死んだも同じ——というのは一般的な冒険者などに言えることで、ここにいる騎士たちには当てはまらない。普段から厳しい訓練に耐え抜いている彼らだ。その強さは折り紙つき。故に、ある作戦のメンバーに抜擢（ばってき）され、ここにいる。視界が潰れても、魔物とは戦える！

しかし、強さに裏打ちされた彼らのプライドは間もなく粉々に砕かれる。

対面勝負なら負けない。近寄れば、気配で分かる。では、剣の届かない位置にいる敵では？

次に彼らを襲ったのは、石の雨だった。

予想外の方向から次々と飛んでくる大量の石。視界が潰されていては、うまくよけることができない。まぁ、視界がクリアでも、これほど大量に打ち込まれては、すべてを完全によけることは不可能だろうが。

「ぎゃー！」

「助けてくれー！」

「どうなってる。おい、隊長は⁉　何も見えない……！」

——彼らには、投石する猿たちの姿が見えていない。

石は四方八方から飛んでくる。敵の正体および位置は不明。今、剣は何の役にも立たなかった。重い剣は放り出し、頭を守りながら逃げることに専念する。

しかしまだ、丸腰になった彼らを追う者がある。

「痛っ、痛いって！　うわ～!!」

追いかけるのは、全身にトゲを持ったネズミと一本角を持ったうさぎ。トゲで、角で、彼らの足やお尻を突っつき追い回す。

「ぎゃーっ!!　もうやめて、許して～っ!!」

彼らは誰に謝っているのかも分からぬまま、そう叫ぶ。

「作戦終了！　撤収よ！」
あたしの掛け声に、無数の鳥たちが一斉に飛び去っていく。撤収、撤収～！　あちこちで、別動隊をまとめるリーダーたちの掛け声を聞いた。
ふぅ、今日もなんとかうまくいったわ。
散り散りに逃げていく14人の騎士たちの背中を見送って、あたしも飛び立った。

――哀れな人間たち。〝追手〟に選ばれたのが、あなたたちの運の尽きね。

「ちょっと、何やってるのよ」

地上では、〝ジョージ〟たちお猿隊が3人の騎士（石の当たりどころが悪かったのね。気絶してるわ）の服をはぎ取っている。

「見りゃ分かんだろ。戦利品探しさ」

「人間の道具なんか集めてどうするわけ？　しかも、糞まみれだし」

「糞まみれにしたのはお前らだろ。――おっと金貨発見！　こいつぁ、いいや。たんまり持ってやがる。こいつ、どっかの金持ちのボンボンだぜ」

ジョージが見せた革袋には、ぎっしり硬貨が詰まっていた。

「やだ、本当！　ウィルへのいいお土産になるわね――って、違う、違う。そんなことを言いに来たわけじゃないのよ」

ジョージをリーダーとする〝お猿隊〟には一言、もの申したいことがあるのだ。

「作戦が始まる前に騎士たちから色々と盗みを働いていたでしょう？　あれ、やめて。こっちの存在がバレたらどうするのよ。警戒されたら、作戦に支障が出るわ」

だって、とジョージはムカつくことに、まったく気にするそぶりを見せない。

「糞まみれになる前に、少しでも多く戦利品ゲットしたいじゃん。大丈夫、うまくやってるし、バレないって。ま、最悪バレても、気のいいただの猿のフリするからさ」

「これは遊びじゃないのよ。私たちの目的、忘れたの？」

「覚えてるって。〝ウィルを守る。そのために、追手をこの森から追い出す〟だろ？」

「そうよ――」

人間の薬師、アロンとか言ったっけ？　彼の執事が『安寧の地』を探し当ててから、この森にたくさんの人間がやってくるようになった。で、その人間たちはあたしたちの大切な弟分――ウィルを狙ってる。『安寧の地』のログハウスに住むほかの人間も追われてるらしいけど、ま、そいつらのことは正直どうでもいいわ。問題は、ウィルが連れ去られるかもしれないってこと。あたしたちの腕の中から、永遠に――。

そんなの許せない！

恐ろしいパパとママのもとへは帰りたくないって、ウィルは言ってるの。安心して、あたしたちが追手から守ってあげる。人間をひとり残らず、この森から追い出してやるわ！

あたしたちは森の動物や魔物たちを集めて『追手追い出し隊』を結成した。集まったのはウィルと仲よしな小さい子たちばかり。人間を殺すほどの力はないわ。――それでも追い払うことくらいはできる。そう、力を合わせれば。

なのに、このジョージたちお猿隊ときたら！　人間から盗みを働くスリルを楽しんで、本来の目的を忘れているフシがあるわ！

「そう怒るなよ。ほら、これやるから機嫌直せって」

そう言ってジョージが差し出したのは、まぁ素敵！　珊瑚(さんご)のかけらだわ！

この森の近くには海がない。大昔、あたしの一族『ブルーサファイア』は海を越えてこの大陸に来たそうだけど、あたしは一度も海を見たことがない。

「くっ……卑怯だわ！　こんなふうにあたしの機嫌を取ろうなんて！」

「でも嬉しいだろ？」

憎めない笑顔。こうしてあたしはいつも流されてしまうのよ――。

言っとくけど、別にジョージが好きとか、そんなんじゃないわよ!?　相手は猿だし、あたしは小鳥だもの。

と、近くの茂みが割れ――、

「あっ、2人ともこんなところにいたぁ。ぼく、ずっとさがしてたんだよ」

あたしたちの大切な弟分、ウィルがやってきた。まずいわ！　そこでのびてる人間たちを見られてしまう！

あたしたちが追手を退治してるって事実を、ウィルは知らない。この森は、安全な遊び場。

この子はそれだけ知っていればいいのよ。

「ジョージ！」

「おう！」

人間の始末はジョージたちお猿隊に任せて、あたしはウィルのもとへ飛んだ。

「いっしょに川であそぼうってやくそくしてたのに。もうくらくなっちゃうよ」

ほったらかしにされて、ウィルは少し不機嫌ね。ぷっくり頬を膨らませてる。

あたしは頭をフル回転させた。何か別のことを考えなきゃ。

ウィルは『真実の目』っていう〝心の中をのぞける〟厄介なスキルを持っている。今のぞかれたらまずいわ。〝追手追い出し計画〟の感想——小動物に翻弄される人間の慌てようは愉快だったわ！——が残っているもの。ホントに厄介なスキルね。でも、このスキルのおかげで、ウィルはあたしたちと意思疎通ができているんだから、なくても困るのだけど。

今回はラッキーなことに、すぐ別のことに気を取られたから、まずい感想を読み取られずに済んだわ。

「まぁ、ウィル！　あなた怪我してるじゃないの！」

あたしに指摘されて、ウィルは初めて気づいたみたい。むき出しの腕に、５㎝くらいの切り傷がついてる。とっても痛そうなのに、鈍い子！

「へいきだよ」

本当に平気そうな顔をして自分の傷をぺろぺろ舐めるから、焦ったわ！

「ダメよ、汚れが入ったらどうするの！　腕を出しなさい、あたしが治してあげる」

あたしたち『ブルーサファイア』は、治癒魔法を使える。光の聖霊よ、我が願いに集いてかの傷を癒せ――呪文を唱えれば、あっという間に傷はふさがるわ。

「えへへ、ありがとう」

「どういたしまして。また怪我したら、すぐあたしに言うのよ」

はにかむウィルは、あっと、あたしの青い羽に目を止めた。そこには、さっきジョージからもらった珊瑚をさしてある。ぎくりとする。どこで手に入れたか聞かれたら、まずいわ。ジョージは人間からこれをくすねたのだもの。でも、心配は杞憂だったみたい。ウィルはただ、あたしの持ち物を褒めてくれる。

「綺麗だね」くんくんと鼻を近づけ、変な匂い、なんて言ってる。たしかに、少し生臭いような匂いがするわね。これが潮の香りというものかしら。

「ぼくね、海って絵でしかみたことないの。アオはみたことある？」

「ないわ。――でも、いつか見てみたいわね」

「じゃあさ、いつかいっしょにみにいこうよ！」

思わぬ提案に、あたしは胸が詰まった。

「――いっしょに、連れて行ってくれるの？」

「うん！　アオも、ジョージも、スゥも、姉さまも、みんなでいこ！　やくそく！」

あとハティと、アロンとー……、連れて行くメンバーを指折り数えるウィルに、あたしは苦笑した。この子の〝大切〟は、ほかにもたくさんいるのね。あたしだけが、特別ってわけじゃない。悔しいけど、仕方ないわね。この子は、みんなを受け入れる。種族も、性別も、身分も、何もかも関係なく――そういう、優しい子だから。

そういえば、白蛇のスゥベルハイツはどこに消えたのかしら。あの子、作戦が始まるとすぐに姿をくらませるのよね。人間が怖いのかしら。腰抜けだわ！

と、ウィルはポケットから紐を取り出した。その紐に、あたしの珊瑚をくくりつける。輪っかを作って結べば、すごい、ネックレスができたわ！　ウィルはそのネックレスを、あたしの首にかけてくれる。

「ビビからおそわってつくったミサンガだよ。こうすれば、もちはこぶのらくだよね」

微笑まれて――胸が熱くなったわ。

なんていい子なのかしら！

やっぱり、全力で守らなくては。

決意を新たにした時、ジョージが木をつたってウィルの肩に降り立った。一瞬、目くばせで確認。どうやら、気絶した人間たちはどこかへうまく隠せたようね。そして視線が下っていき――あたしの胸元で止まる。ネックレスに気づいたみたい。にやり、と笑われる。

「似合うじゃん」

「あ、当たり前よ」

ちょっと恥ずかしくなったわ。ジョージったら、得意満面の笑みなんですもの！

「アオさま〜、西に敵影ありデスよ〜」

部下の小鳥から伝令が入ったのは、あたしたちが約束通り川遊びをしている最中のことだった。

「人数は？」

「10人ってところっス」

「分かったわ。――ジョージ！」

呼びかけだけで、ジョージには伝わった。もう遅いから帰ろう、としぶるウィルを説得し、ログハウスまで送り届ける。

そこから先は、あたしたち『追手追い出し隊』の仕事――。

あとがき

『転生令嬢は逃げ出した森の中、スキルを駆使して潜伏生活を満喫する』の1巻はハティとララの恋の予感をにじませて終わっていましたが、続く2巻で二人の関係は急展開します。二人の関係だけではありません。新たな『仲間』が増え、また新たな神様も出てきます。そして、スキルもどんどんレベルアップしていき……ララが暮らす『安寧の地』は休まる暇もなくドタバタで賑やかな毎日が続きます。

異世界を舞台にした物語の良いところは、何が起きても不思議じゃない、というドキドキした予感を持って読めるところだと思います。魔法があって、スキルがある。神様がいて、複雑な成長過程をたどったキャラクターがいる。そして、彼らには主人公の知らない過去がある。

今回ちらりとのぞいたイヴと勇者コウタロウのラブロマンスが、今後、どんな波乱を巻き起こしていくのか。予想しながら、ララたちが進む結末に思いを馳せてみてください。

本著を手に取ってくださった皆様に、ドキドキの〝非日常〟をお届けできますように。

最後に、変わらず応援してくださる読者の皆様、そして第2巻刊行をお声がけいただき尽力してくださったツギクル株式会社様に感謝申し上げます。

灰羽アリス

カット&ペーストでこの世界を生きていく

「ヤングジャンプコミックス」より
コミック単行本
発売中!

著／咲夜

イラスト／PiNe（パイネ）　乾和音　茶餅　オウカ

最強スキルを手に入れた少年の苦悩と喜びを綴った本格ファンタジー

成人を迎えると神様からスキルと呼ばれる
技能を得られる世界。
15歳を迎えて成人したマインは、「カット&ペースト」
と「鑑定・全」という2つのスキルを授かった。
一見使い物にならないと思えた「カット&ペースト」が、
使い方しだいで無敵のスキルになることが判明。
チートすぎるスキルを周りに隠して生活する
マインのもとに王女様がやって来て、
事態はあらぬ方向に進んでいく。
スキル「カット&ペースト」で成し遂げる
英雄伝説、いま開幕！

本体価格1,200円＋税　ISBN978-4-7973-9201-2

https://books.tugikuru.jp/

聖女にしか育てられない『乙女の百合』を見事咲かせたエルヴィラに対して、若き王、アレキサンデルは突然、「お前が育てていた『乙女の百合』は偽物だった!　この偽聖女め!」と言い放つ。同時に婚約破棄が言い渡され、新しい聖女の補佐を命ぜられた。
偽聖女として飼い殺しにされるのは、まっぴらごめん。
隣国の皇太子に誘われて、エルヴィラは国外に逃亡することを決意。
一方、エルヴィラがいなくなった国内では、次々と災害が起こり——

逃亡した聖女と恋愛奥手な皇太子による異世界隣国ロマンスが、今はじまる!

本体価格1,200円＋税　ISBN978-4-8156-0692-3

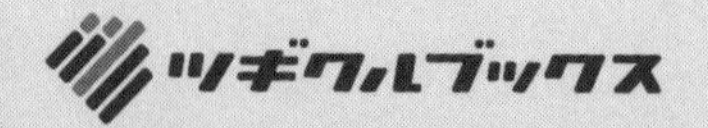

https://books.tugikuru.jp/

愛読者アンケートに回答してカバーイラストをダウンロード！

愛読者アンケートや本書に関するご意見、灰羽アリス先生、麻先みち先生へのファンレターは、下記のURLまたは右のQRコードよりアクセスしてください。
アンケートにご回答いただくとカバーイラストの画像データがダウンロードできますので、壁紙などでご使用ください。
https://books.tugikuru.jp/q/202101/tenseicheat.html

本書は、「小説家になろう」（https://syosetu.com/）に掲載された作品を加筆・改稿のうえ書籍化したものです。

転生令嬢は逃げ出した森の中、スキルを駆使して潜伏生活を満喫する2

2021年1月25日　初版第1刷発行

著者　灰羽アリス

発行人　宇草 亮
発行所　ツギクル株式会社
〒106-0032　東京都港区六本木2-4-5
TEL 03-5549-1184
発売元　SBクリエイティブ株式会社
〒106-0032　東京都港区六本木2-4-5
TEL 03-5549-1201

イラスト　麻先みち
装丁　株式会社エストール

印刷・製本　中央精版印刷株式会社

ISBN978-4-8156-0853-8
Printed in Japan